Gelähmt am ganzen Körper, liegt Winfried Welte im Krankenhaus. Alles, was ihm bleibt, ist Zeit. Zeit, um in Gedanken seine Vergangenheit zu durchstöbern, die ihn dazu führte, ein in den Augen seiner Mitmenschen abscheuliches Verbrechen zu verüben.

Ralph A. Hartmann

Himbeerschmuggeleien

Kriminalnovelle

HARALEX **Publishing House**
Edinburgh
2022

HARALEX Publishing House
3 Wardlaw Place
Edinburgh   EH11 1UA

Published 2022 by *HARALEX* Publishing House

Bibliographische Information
Der Deutschen Nationalbibliothek

Die Deutsche Nationalbibliothek verzeichnet
diese Publikation in ihrem Katalog.

Taschenbuch-Ausgabe (2022):
ISBN-10: 1-905194-64-1
ISBN-13: 978-1-905194-64-3

Ganz seltsamerweise fühle ich mich sehr wohl.

Tatsächlich erinnere ich mich nun an das Pink-Floyd-Lied "*Comfortably Numb*".

Wie Schweben auf einer Wolke.

Man hat sichergestellt, daß ich nicht versuche, das ausgesprochen Feststellbare festzustellen – die Lähmung, das vollständige Nicht-Dasein meiner Gliedmaßen.

So bequem sich das auch anfühlen mag, befinde ich mich doch irgendwie in keiner anderen Lage als Gregor Samsa, das von Kafkas entrücktem Verstand erschaffene menschliche Ungeziefer.

Habe ich Glück, am Leben zu sein?

Bin ich überhaupt am Leben?

Eher totes Fleisch.

Was hatten sie vor, als sie im Flur hinter mir herjagten? Wollten sie mich schnappen, um mich sadistisch zu foltern? Habe ich ihnen den Spaß verdorben, als ich stolperte und mir an so einer Art Randstein das Genick etwa einen Zentimeter unterhalb der Ewigkeit brach? Mit weit aufgerissenen Augen vermochte ich nicht das Geringste zu verspüren.

Erstmal beugten sie sich ungläubig über mich. Und dann fingen sie an. Wohl bedauerten sie es, daß ich nicht den leisesten Schmerz fühlen konnte. Allerdings muß es sie noch mehr angestachelt haben, als sie bemerkten, daß ich bei vollem Bewußtsein war, um ziemlich genau zu sehen, was sie mir antaten.

Es ging ihnen um nichts anderes als Demütigung. Mein Kopf wackelte hin und her, als sie mir die Arme und Beine brachen, indem sie darauf herumtrampelten.

Danach müssen sie mir die Hose herunter- und sogleich das Glied herausgerissen haben, welches sie wie eine Trophäe vor meinen Augen herumwedelten sowie mir dessen Blut ins Gesicht schmierten.

Nichts für ungut.

Im Gegenteil.

Sie taten mir einen Gefallen damit.

Zum krönenden Abschluß sprangen sie mir auf dem Rumpf herum. Da muß ich dann das Bewußtsein verloren haben. Meine Lunge wird zu jenem Zeitpunkt ihren Geist aufgegeben haben und kollabierte konsequenterweise.

Wie es aussah, ließen sie mich in einer riesigen Blutlache liegen. Vom Ausmaß meiner inneren Blutungen möchte ich erst gar nicht reden.

Das Nächste, woran ich mich erinnern kann: Erwachen.

Dort, wo ich genau jetzt ebenfalls bin.

Die Sauerstoffmaschine pumpt und quietscht. Der Herzmonitor piept. Der unverkennbare Geruch aus den zwei Tüten – zumindest meine ich, daß es zwei sind – an der einen Bettseite. Nicht zu intensiv, aber eben unverkennbar. Urin und Fäkalien. Vermischt mit einer leichten Note an Desinfektionsmittel. *Sagrotan*?

Ich blicke zur Decke. Ich denke. Denken ist das Einzige, was sie mir gelassen haben. Und was kann ich denken? Besser nicht dran denken!

Ich fange an zu rechnen. Zahlen sind neutral. Sie urteilen nicht. Man kann sie ihrerseits nicht beurteilen, es sei denn, sie sind Punkte in einer Fußballtabelle. Zahlen, Ziffern betrügen einen nicht. Sie sagen die Wahrheit. Die absolute Wahrheit. Und nichts als die Wahrheit (ohne daß sie Gottes Hilfe nötig hätten).

Nicht so wie Frauen.

Die sind gewöhnlich das andere Extrem. Zahlen gegen Frauen. Man kann Zahlen in der Reinen Mathematik einfach nicht manipulieren, und die Reine Mathematik kann Zahlen einfach nicht manipulieren, geradeso wie es ihr in den Kram paßt.

Im Unterschied dazu verstehen es Frauen, alles und jeden zu manipulieren. Sie bilden den Antagonismus zu Wissenschaft. Es ist unmöglich, Frauen wissenschaftlich zu untersuchen, zu erforschen, geschweige denn, ihre Handlungen vorauszusagen. Sie machen, was sie wollen. Sie manipulieren, wie es ihnen gerade in den Sinn kommt.

Zwei plus Drei ist gleich Fünf. Fünf ist eine Primzahl. Sie kann nur durch Eins dividiert werden oder durch sich selbst. Deshalb ist sie eine Primzahl.

Nicht aber in der Weiblichen Welt. Fünf ist eine ungerade Zahl in der Weiblichen Welt. Fünf ist eine gerade Zahl in der Weiblichen Welt. Da es Brüche gibt, besteht kein Unterschied zwischen geraden und ungeraden Zahlen in der Weiblichen Welt. Frauen besitzen die beachtliche Fähigkeit, ungerade in gerade umzuwandeln.

Die Oberschwester – oder nenne ich sie besser "Aufseherin"? – wäre da ein sehr gutes Beispiel: Jedes Wort nimmt sie einem aus dem Mund und stutzt es nach ihrem Belieben zurecht.

Etwa beim Speiseplan. Ich möchte Schweinekoteletts, und sie, als ob es das Selbstver-

ständlichste auf der Welt wäre, macht Sojako-
teletts draus.

Ist sie wirklich und ehrlich um mein Wohlbefinden besorgt? Kümmert sie es tatsächlich,
wie hoch mein Harnsäurewert ist trotz des er-
bärmlichen Zustands, in welchem sich mein
ganzer Körper befindet? Wer ist sie denn, daß
sie meine Entscheidung ignoriert? Es muß damit zu tun haben, daß sie eben eine Frau ist! So
muß es sein!

Sie wandelt ungerade zu gerade. Die selbsternannte Wunderwirkerin.

Fleisch sei nicht gut für mich. Ich könne
Gicht bekommen.

Ich hab's ihr gesagt. Ich hab's ihr entgegen-
geschrien (wenn man das "Schreien" nennen
kann). Du blöde Kuh! Ist mir doch scheißegal!
Ich kann keine Gicht spüren! Macht doch nichts,
ob ich sie nun habe oder nicht!

Die einzige Krankheit, die mir eventuell
nicht gleichgültig wäre: Gehirntumor! Und sogar den könnte ich willkommen heißen, weil
die Möglichkeit eines Komas bestünde.

Abschalten.

Völlig.

Andererseits kann ein Gehirntumor auch
extreme Kopfschmerzen verursachen.

Ich betrachte mich als extrem schmerzemp-
findlich in jeglicher Hinsicht.

Ich flüchtete vor diesen Tieren aus Angst vor Schmerz, der mir von ihnen drohte. Extremster Schmerz. Unerträglicher Schmerz.

Meine Güte!

Wenn ich nun nicht hingefallen wäre! Wenn ich die Leitung nicht gekappt hätte! Die Stromleitung, die Schmerz ins Hirn überträgt.

Ich spüre ein Kitzeln auf der Nasenspitze. Das treibt mich zum Wahnsinn. Ich könnte nach der Schwester rufen, indem ich meine Stimme erhebe. Ich bezweifle, daß sie tatsächlich käme, um nach mir zu sehen. Ich hasse sie, genauso wie sie mich haßt.

Sie weiß genau, warum ich hier liege. Mit jeder klitzekleinen Einzelheit ist sie vertraut.

Sie ist allwissend, und - wenn man es mit mir vergleicht - sie ist allmächtig.

Ich befinde mich in ihren mehr als fähigen, guten Händen. Die Hände des Teufels. Rein hypothetisch kann sie mit meinem Körper machen, was sie will. Da stellte ich mir gerne vor, daß das Würmchen noch da wäre. Sie könnte es berühren und all den anderen Kram. Das könnte sie. Aber ich würde sowieso nichts davon merken.

Sadistin, die sie ist, würde sie keinesfalls meinen Kopf in die richtige Position rücken, so daß ich sehen könnte, was sie macht.

Gucken ist die einzige andere Fähigkeit neben Denken, die mir geblieben ist.

Gucken, wie sie's macht.

Wäre das wünschenswert?

Nein. Überhaupt nicht. Sie ist fett. Ziemlich fett. Pickel, Mitesser im Gesicht. Ihre Brillengläser sind verschmiert. Ihr dünnes, langes Haar ist pomadig und hat schon seit mindestens einer Woche kein Shampoo mehr gesehen.

Immer, wenn sie mich wäscht, rieche ich etwas Schweiß, vermischt mit einem Schuß Urin.

Der Mösenduft, den Napoleon offenbar so sehr mochte: Josephine, wasch' Dich nicht! Über zwei Wochen lang. Was für ein Schwein! Was für 'ne Drecksau!

Ich würde ihn mir eher abhacken, bevor ich's mit meiner Oberschwester Josephine machte.

Abhacken! Was für ein Witz.

Sie haben ihn mir schon abgehackt. Es gibt nichts mehr, was man abhacken könnte.

Das Kitzeln auf der Nasenspitze bringt mich noch um den letzten Verstand.

Ich greife nach dem Hummertelefon. Ich wähle Neun-Eins-Eins. Während ich diese Nummer wähle, denke ich: warum wähle ich eigentlich genau diese Nummer? Das ist nicht die Nummer, die ich in diesem Land bei einem Notfall wählen sollte. Es ist die entsprechende Nummer für die Staaten. Ruf' Neun-Eins-Eins an! Hast du Neun-Eins-Eins angerufen? Ich hab' Neun-Eins-Eins angerufen. Jemand hat Neun-Eins-Eins angerufen. Wir haben eine Aufnahme von einem Neun-Eins-Eins-Notruf. Die Rettungsdienste reagierten auf einen Neun-Eins-Eins-Notruf. Ihr Neun-Eins-Eins-Notruf, den sie nach Auffinden der Leiche tätigte, wurde um zweiundzwanzig Uhr fünfundvierzig aufgezeichnet. Und so weiter. Und so fort.

Amerikanische Infiltration.

Ich rufe Neun-Eins-Eins an, weil ich überzeugt zu sein scheine, daß ich in den Vereinigten Staaten von Amerika lebe.

Noch nie habe ich in diesem Land hier die Rettungsdienste über die Notrufnummer verständigt. Es bestand einfach noch nie die Notwendigkeit dazu.

Bislang habe ich ein ziemlich normales Leben geführt. Langweilig. Es war ein langweiliges Leben oder vielmehr ein Leben, das man als ausgesprochen langweilig interpretieren könnte. Vor allem aus der Sicht des Jungvolks, das heutzutage so herumläuft.

Doppelläuten am anderen Ende.

Klingeling. Klingeling.

Dreimal. Viermal. Fünfmal.

Soll ich auflegen? Wieviele Male sollte man es am anderen Ende klingeln lassen?

Irgendwie bin ich noch nicht einmal überrascht, daß überhaupt eine Verbindung zustandekam. Aber es ist keine gültige Nummer in diesem Land hier. Eine automatisierte weibliche Stimme hätte mich eigentlich darauf aufmerksam machen müssen. Der weibliche Telefonroboter.

Wie dem auch sei, es muß wohl das zehnte Klingeln sein, und ich trage mich gerade mit dem Gedanken aufzulegen, da versucht der Hummer doch glatt, mich ins Ohr zu kneifen, um sich von meinem festen Griff zu befreien.

Welcher Griff denn?

Ich kann meinen Arm und meine Finger wieder bewegen! Sonst hätte ich niemals den Hummer abheben können!

Da antwortet jemand. Heftiges Schnauben. Da ist jemand ziemlich außer Puste. Eine Männerstimme. In der Tat erkenne ich sie! Es ist die von Dieter-Thomas Heck. Er zischt mir etwas entgegen. Ich kann kaum verstehen, was er sagt. So etwas wie: Meine Damen und Herren, die alte und neue Nummer eins der Deutschen Hitparade: Cindy und Bert mit *Immer wieder sonntags*!

Plötzlich wird es feucht in meinem Ohr. Ich halte den Hummer vor mein Gesicht, damit ich ihn genauer betrachten kann.

Er legt Eier!

Glänzende, kleine, weiße, geleeartige Eier!

Ich schmeiße ihn weg.

Das Telefon mit seiner Wählscheibe rührt sich nicht.

Kein Spiralkabel zu sehen.

Da gab es keine Verbindung zwischen Hummer und Telefon.

Ich versuche, mein Ohr mit dem rechten Zeigefinger zu säubern.

Gelblich-weißer Ausfluß rinnt an meiner Handfläche hinunter.

Ich schüttle meine Hand aus.

Ich will diese ekelige Flüssigkeit loswerden. Sie stinkt fürchterlich nach Urin und Fäkalien. Nur noch viel schlimmer.

Ich verspüre den inneren Zwang, mir die Hände zu waschen.

Ich kann diesen Gestank nun wirklich nicht mehr länger ertragen.

Ich brauche ein Klo oder wenigstens einen versteckten, ruhigen Winkel, in dem ich mich übergeben kann.

Ich bewege mich in einem langgezogenen Betonflur vorwärts. Er wirkt breit. Roter PVC-Boden läßt mich das quietschende Geräusch der Gummisohlen bei jedem meiner schnellen Schritte hören.

Ich blicke wieder auf.

Hey!

Da ist Peter! Mein alter Kumpel aus Uni-Tagen. Alter Kumpel? Naja, nicht ganz. Habe immer versucht, mit ihm einen trinken zu gehen, aber er war meistens viel zu beschäftigt. Um ehrlich zu sein, wurden wir deshalb nie richtige Freunde.

Ich versuche, ihm zuzuwinken.

Nicht die geringste Reaktion.

Da stehen doch einige Leute zwischen uns, so daß es für ihn vielleicht ein bißchen schwierig ist, mich zu sehen.

Ich scheine diese Leute ebenfalls zu kennen, und sie verhalten sich so, als ob ich ihnen auch vertraut bin.

Sie mißdeuten mein Winken in Richtung Peter. Sie meinen, daß ich ihnen zuwinke. Sie winken zurück.

Peter wendet sich von mir ab. Mit verärgertem Gesichtsausdruck.

Er ist sauer auf mich.

Er ignoriert mich, während sich die meisten der Leute, die vorgeben, mich zu kennen, die mir aber total fremd sind, um mich scharen und mir zujubeln.

Es ist wirklich schwierig, sich ihrer zu erwehren.

Peter hilft mir überhaupt nicht dabei. Er ist ein Unbeteiligter, der in die andere Richtung starrt.

Er trägt einen Trainingsanzug wie ein Fußballcoach. Er hat Kickstiefel an. Damit könnte er all diese nervigen Leute um mich herum treten, aber er tut es einfach nicht.

Vermutlich genießt er es zu sehen, wie ich auf diese Weise belästigt werde.

Sehr wahrscheinlich haßt er mich wie die Pest und erfreut sich daran, daß ich irgendwie leide.

Ich verabscheue Massen wie diese.

Sie machen mir Angst.

Massenhysterie gibt mir Rätsel auf.

Zum Glück! Die Menschentraube löst sich auf.

Ein Lichtspiel hat vorübergehend ihre Aufmerksamkeit erregt.

Die Betonwand meiner Uni hat einen Riß, der bis zum Dach reicht, wo seltsame Wolkenkonstellationen sichtbar werden.

Ein veilchenfarbenes Licht glitzert durch die Wolkenlücken und wandert durch den Riß in der Decke hinunter zur Menschenmasse.

Das Objekt des Jubels hat die Seiten gewechselt. Nun jubeln sie dem Licht zu.

Peter geht an mir vorbei. Er geht im wahrsten Sinn durch mich hindurch, als ob ich Luft wäre.

Ich bin Luft. Ich bin unsichtbar.

Peter ist weg.

Ich schwebe zum lila Licht.

Meine Lider fangen an zu flattern.

Was ist das? Radioaktivität? Werden meine Augäpfel angezündet?

Ich bemerke Hitze um mich herum. Siedepunkt. Ich rieche Schweiß. Kalten Schweiß. Alten Schweiß.

Einen mehrere Wochen nicht gewaschenen menschlichen Körper, so ungefähr wie den Gestank, den man erschnuppert, wenn man sich einem Penner nähert, um eine Münze in seinen Hut zu werfen.

Sticht in der Nase.

Kein Arbeiterschweiß.

Eher Schweiß durch äußerste Faulheit. Jemand, der den Hintern für keinerlei Arbeit hochkriegt.

Die Würde der Arbeit.

Was heißt das?

Was hat das damit zu tun?

Der Gestank wird beißender.

Bovine Exkremente.

Ich sehe sie! Braune, dampfende Pfannkuchen oder eher Omelettes. Die zu den Omelettes gehörende Kuh scheint ihren Schwanz zu heben. Ein druckvoller gelber Strahl kommt aus ihrem Hinterteil raus. Ein hoher Bogen. Langstreckenpinkeln wäre ich versucht, es zu nennen. Wasserfall. Die Kuh senkt ihren Schwanz in Zeitlupe und muht dabei.

Zeit zur Fütterung. Der Bauer geht auf das Holzgatter in der Mitte des elektrischen Zauns zu.

Die Kuh beginnt zu galoppieren. Sie muß hungrig sein. Bei dem Tempo rennt sie ohne Frage das Gatter nieder. Eine Kuh geht durch.

Die Angst steht dem Bauer ins Gesicht geschrieben. Es ist weiß wie frisch gestärkte und gemangelte Bettwäsche. Er knallt das Gatter zu, das er eben nur ein winziges Bißchen aufgemacht hatte.

Was für ein Rums!

Weiße Decke.

Piepsen.

Maschinenklicken.

Was geschieht?

Wo bin ich jetzt?

Ich habe Schwierigkeiten, mich zu orientieren.

Ausschließliche Existenz meiner Augen.

Ich sehe. Ich sehe. Ich sehe nur.

Ich kann mich nicht bewegen. Ich sehe.

Das ist es! Ich bin zurück in der Wirklichkeit.

Und ich kann hören. Jemand wurstelt an meiner rechten Seite herum.

Eine geflüsterte Bemerkung. Volle Tüten. Gesunder Inhalt. Sie müssen erneuert werden.

Das muß wohl mein blaues Zuckerherz sein!

Stinkeschwester ist wieder da.

Der Geruch war also kein Traum. Er hat sich nur mit dem Traum vermischt.

Sie ist jetzt hier.

Sie zeigt sich nicht.

Mit Absicht.

Sie muß die Tür offengelassen haben, so daß diese mit einem ziemlichen Rums zuschlägt, sobald es nur ein wenig durch die Fenster zieht.

Es ist echt ziemlich warm. Ich spüre noch immer die Schweißperlen auf der Stirn. Die Sadistenschwester wird sie mir nicht abwischen.

Sie genießt es, mich leiden zu sehen.

Sie erfüllt nur die allernotwendigsten Pflichten, die ihr obliegen.

Es obliegt ihr, mich am Leben zu erhalten.

Ich versuche, durch meine Sauerstoffmaske hindurch mit ihr zu sprechen.

Sie versteht nichts.

Sie sagt, nicht jetzt! Meine Sprechzeit ist zwischen vier und fünf Uhr heute nachmittag anberaumt. Momentan eine Stunde. Eine Stunde pro Tag. Letzte Woche waren es dreißig Minuten pro Tag.

In einigen Monaten könnte ich eventuell ohne irgendwelche künstliche Hilfe leben. Was für ein "Fortschritt" das wäre, leck' mich!

Ich lechze geradezu danach zu sprechen.

Ich möchte es aus ihrem Mund hören.

Hassen Sie mich? Warum hassen Sie mich? Ist es wegen der Dinge, von denen sie denken, daß Sie sie über mich wissen? Wie kam es dazu, daß Sie diese Dinge über mich wissen? Durch die Zeitungen? Durch den Polizeibeamten, der da draußen sitzt, um sicherzustellen, daß ich nicht weglaufe? Jedenfalls nehme ich mal an, daß einer da draußen vor dem Zimmer sitzt. Und wenn man ihn nicht deswegen dorthin plaziert hat, damit ich nicht die Mücke mache, dann sollte er doch hoffentlich darauf achten, daß niemand so etwas mit mir anstellt, wie es diese brutalen Dreckschweine getan haben.

Stinkeschwester wurstelt zu meiner Rechten am Bett herum.

Ich hoffe aufrichtig, daß die Tüten, die dort hängen, winzige Löcher haben, und daß wenigstens ein klein wenig vom Inhalt auf ihr Gesicht sprüht.

Schade!

Sie würde es mir sowieso nicht zeigen, da sie sich über mich beugen müßte, damit ich es sehen könnte.

Verdammt!

Was für eine Qual, wenn man noch nicht mal seinen Kopf bewegen kann.

Meine Augenmuskeln können mittlerweile wohl schwere Gewichte stemmen. Nach meinem ersten Tag hier bekam ich regelrechten Muskelkater unter den Lidern wie ein Marathonläufer in den Schenkeln. Über Gebühr hatte ich mich visuell angestrengt, was sich schließlich als dicker Fehler erwies.

Am nächsten Tag war ich gezwungen, stur gerade nach oben zu starren und wirklich nur stur gerade.

Je weniger du siehst, desto mehr hörst du, desto mehr riechst du, desto mehr stellst du dir vor.

Mein ganzes Leben habe ich nicht so viel geträumt wie seit der einen Woche meiner Einlieferung hier.

Hilflos.

Eingeschlafen.

Wach.

Eingeschlafen.

Wach.

Eingeschlafen und wach - gleichzeitig.

Es fällt mir schwerer und schwerer, Traum von Wirklichkeit zu unterscheiden.

Manchmal meine ich sogar, daß Stinkeschwester nur in meiner Einbildung existiert, weil sie ebenfalls regelmäßig in meinen Träumen vorkommt.

Feuchte Träume.

Wir haben's gemacht.

Und es war echt schräg.

Wir haben's gemacht.

Sie mochte es.

Wenigstens roch sie nicht bei der Gelegenheit.

Ich konnte den Orgasmus spüren.

Ich wachte nicht auf.

Aber es war ein schönes Gefühl. Nicht ganz so intensiv wie der wahre Otto, aber genug für ein angenehmes Kitzeln in meiner nicht-existenten Wirbelsäule.

Ich kann mich nicht erinnern, was auf den Traum folgte.

Sie könnte sich in so eine Art Ungeheuer verwandelt haben. Ich glaube, es war ein Schäferhund mit äußerst dickem Fell, der mich unheimlich treu anblickte. Mit hängender Zunge. Hechelnd. Er wartete darauf, daß ich ein Bällchen werfen würde. Das tat ich denn auch. Aber das Bällchen blieb in meiner Hand kleben, und Wauzi griff mich an. Das wiederum weckte mich auf, so daß es mir mal wieder bewußt wurde, wie funktionsuntüchtig mein Körper eigentlich ist.

Also: Stinkeschwester und ich trieben es miteinander.

Das war schön.

Ich werde es ihr nicht erzählen während meiner Sprechzeit.

Es wäre nur Zeitverschwendung, weil sie nur wütend würde und dem Rest, was ich zu sagen hätte, gar nicht mehr zuhörte.

Es müßte mir deshalb irgendwie gelingen, durch das, was ich erzähle, ihre Aufmerksamkeit zu erregen.

Die Wahrheit.

Das Gegenteil von dem, was die Zeitungen schrieben.

Nichts als die Wahrheit.

Und, wenn man's geschickt erzählt, würde es sie vielleicht schluchzen machen. Vielleicht sogar so weit, daß es für sie denkbar wäre, Freundschaft zu schließen?

Naja, möchte i c h denn überhaupt Freundschaft schließen?

Brauche ich denn überhaupt eine Freundschaft in dieser, meiner Lage?

Es könnte irgendwann nützlich werden.

Dann sollte ich wohl mein Bestes geben.

Wieviele Stunden sind es noch bis zu meiner Sprechzeit? Ist es schon Nachmittag? Wie sollte ich das auch wissen? Man ernährt mich wieder künstlich. Die Röhren sind nun wieder überall.

Kein Geschmackssinn.

Kein Hunger.

Kein Garnichts.

Wenn es in der Tat schon Nachmittag ist, wären es nicht mehr ganz fünf Stunden Wartezeit.

Fünf Stunden.

Genügend Zeit zum Proben.

Das lenkt ab von der Hitze, von meiner triefenden Stirn.

Was für eine Qual!

Sie ist vorläufig mal wieder weg.

Ich muß nachdenken, was ich für meine Aufführung später proben soll.

Ich könnte ihr die Geschichten der Lieben meines Lebens erzählen.

Beginnend beim Christinchen, meiner Kindergarten-Freundin.

Bis zum bitteren Ende mit Beate und Charlotte Kastenbein, die für meinen jetzigen körperlichen Zustand verantwortlich sind.

Ich sollte Stinkeschwester alles darüber erzählen, damit sie versteht, damit sie mitfühlt.

Vielleicht mag sie mich danach sogar.

Das Ganze muß zurechtgerückt werden. Alles, was die Medien verzerrt haben.

Und es muß auch mich zurechtrücken.

Man macht das ja schließlich ebenfalls in der Psychologie oder Psychiatrie.

Man hatte das ja sowieso im Knast mit mir vor, aber die Asi-Dreckschweine waren schneller in diesem Flur.

Gedenken.

Entsinnung.

Rekonvaleszenz.

Gute Güte!

Christinchen!

Kindergarten.

Ein Dummchen war sie schon. Man konnte es am Schielen erkennen. Mama sagte immer, o, armes Christinchen, was für ein liebenswertes Mädchen, aber ein kleiner Tolpatsch ist sie schon! Warum sagte Mama das wohl? Na klar, eben wegen des Schielens. Wegen ihres Ganges.

Christinchens linker Fuß zeigte beim Gehen nach innen.

Markenzeichen der einfach Gestrickten.

Das waren Mamas Worte.

Und ein Sohn glaubt an das, was seine Mama ihm sagt. Wenigstens, wenn er so um die vier Jahre alt ist.

Allerdings hielten mich Mamas Bemerkungen hinsichtlich Christinchens intellektueller Fähigkeiten nicht davon ab, eher dessen physischen als mentalen Zustand näher zu überprüfen.

Nicht bloß einmal.

Mehrmals.

Ziemlich oft sogar.

Aus dem Grund – jedenfalls meinerseits -, daß ich meinte, vergessen zu haben, was auch immer ich glaubte, das Mal zuvor gesehen oder gerochen zu haben, obgleich die Zeitspanne zwischen den jeweiligen "Untersuchungen" kaum mehr als schätzungsweise drei Tage betrug.

Also mehrmals.

Souterrain.

Da war so etwas wie ein Souterrain.

Ein Versteckspiel-Souterrain.

Christinchen und ich hatten ein geheimes Versteck.

Schon seltsam, daß uns nie jemand fand.

Ein kleines Problem hatten wir allerdings mit dem Licht.

Kein Lichtschalter!

Souterrain.

Dunkelheit.

So gut wie.

Jeder sonnige Tag war ein guter Tag.

Wir waren recht nah am Souterrain-Fenster dran. Wenn man das überhaupt ein Fenster nennen konnte! War eher so 'n Schlitz, 'ne Öffnung. Aber wenn die Sonne die ideale Stellung einnahm, konnte man das Essentielle erkennen.

Christinchen trug meistens diese Blümchen-Höschen unter ihrem Kleidchen.

Ein einziges Blümchen, das mittig aufs Bündchen vorne gestickt war.

Es war das Höchste für mich, wenn sie dieses Höschen runterließ.

Und dann war ich dran damit.

Auge um Auge.

Gewöhnlich stellte sie sich etwas breitbeiniger hin.

Dann kniete ich mich nieder und – forschte.

Der Duft.

Schwierig zu beschreiben.

Worte versagen manchmal, das zu beschreiben, was die Sinne wahrnehmen.

Ein Tick Urin war dabei. Jedoch nicht dominierend. Eine Art Unterkomponente, sozusagen.

Überwiegend war es ein sehr anziehender Duft.

In aller Regel kam ich ihrer intimsten Zone mit meinem Näschen sehr, sehr nahe.

Es roch geradezu so gut, daß ich versucht war, danach zu lecken, was ich erschnupperte.

Aber bevor ich dazu kam, funkten ihre Fingerchen dazwischen. Der Luftstrom aus meinem Näschen kitzelte sie, so daß sie sich dort unten selbst anfaßte.

Manchmal, wann immer ich ihr mit meinem Gesichtchen nicht nahe genug kam, benutzte ich meine Fingerchen.

Ihre Haut war so weich und glatt.

Dann nahm ich meinen Zeigefinger und zeichnete eine Linie entlang ihrer Lippen. Das kitzelte sie genauso wie der Luftstrom.

Ich glaube wohl, daß sie das mochte, denn ihre Fingerchen kamen meinen zuhilfe.

Einmal, wenn ich mich richtig erinnere, drückte sie meinen Zeigefinger mit ihrer Hand nach innen.

Und dann das Reiben.

Erst viel, viel später verstand ich, warum.

Erst viel, viel später dachte ich dann, gute Güte, Du warst nur ein unschuldiger, unwissender kleiner Bub'!

Ich, im Gegenzug, gestattete ihr nie, mein teuerstes Körperteil zu berühren.

Nur gucken, Christinchen!

Ich frage mich, warum sie das akzeptiert hat.

Von Frauen jedweden Alters kann man in aller Regel nicht erwarten, daß sie etwas ohne Gegenleistung hergeben.

Damals sah ich es als "Auge um Auge" an.

Aber das war es eben nicht – eher "Auge um Auge (plus Finger)".

Sie gab mehr als sie bekam.

Ich berührte sie.

Ich steckte meinen Finger in sie hinein.

Und komischerweise ekelte mich danach der Geruch an meinem Finger. Es war nicht derselbe Duft wie derjenige von draußen. Irgendwie stärker – stinkig halt.

Ich mußte mir die Hände waschen. Aber trotzdem hinterließ Christinchens Scheide einen bleibenden Eindruck in meiner Erinnerung.

Es sollte die erste und letzte Scheide sein, die ich für einen sehr langen Zeitraum sehen würde. Ein sehr langer Zeitraum jedenfalls in der Wahrnehmung eines Vierjährigen.

Beinahe exakt weitere vier Jahre vergingen.

Gute Güte!

Vier Jahre mit jeder Menge weiblicher Wesen jedenfalls!

Weibliche Wesen zum Verlieben.

Weibliche Wesen zum Hassen.

Wo liegt da der Unterschied?

Gibt wohl keinen.

Liebe.

Haß.

Leidenschaft.

Und dann ist da ja auch noch Gleichgültig-
keit. Die im Prinzip Tod bedeutet.

Verdammt!

Da bin ich wieder. Liege auf meinem Rücken,
den ich noch nicht mal spüre.

Ich starre zur Decke.

Und es ist mir so egal.

Tödlich egal.

Wenn es mir nur gelänge, Stinkeschwester
zu überzeugen oder wenigstens zu überreden,
daß sie mir hälfe.

Sie sollte es nachempfinden, mitfühlen.

Liebe oder Haß.

Ich muß es hinkriegen, daß sie sich entweder in mich verliebt, oder daß sich ihr Haß mir
gegenüber noch vergrößert.

Von ihrem Verhalten her zu urteilen, haßt
sie mich sicherlich schon wie die Pest.

Sie verabscheut mich.

Aus diesem Grund würde sie mich gerne
noch mehr leiden sehen.

Liegt darin der Unterschied zwischen Liebe
und Haß?

Man haßt jemanden, weshalb man ihn gerne
leiden sehen möchte.

Aber kommt es nicht auch manchmal vor,
daß man das Objekt seiner Liebe gerne leiden

sähe, nur damit es sich deshalb dann in einen selbst verliebte?

Das ist alles so schizophren und erbärmlich!

Sei es, wie es will: es muß mein Bestreben sein, Stinkeschwesters Mitleid zu erregen. Ihr zu zeigen, was für ein armes Schwein ich doch bin, und wie sie mir helfen kann, mich aus meinem Elend zu erlösen.

Ich werde ihr wohl die ganze Geschichte erzählen müssen.

Beginnend bei Adam und Eva.

Wo war ich nochmal stehengeblieben?

Christinchens Schielen und Scheide.

Die vier Jahre ohne Scheide in natura.

Also: was geschah während dieser vier Jahre?

Grundschule.

So viele junge Mädchen in Röckchen und Kleidchen.

Glück gehabt, daß es nicht das Knabeninternat wurde.

Es war wohl im Gespräch.

Aber Mama setzte sich durch. Sie war überzeugt, daß eine normale Schule besser für mich sei.

Wirklich?

Man kann es so oder anders sehen.

Wäre ich im Knabeninternat schwul geworden?

Naja, jedenfalls nannte sie das hübscheste Gesicht ihr Eigen, das ich je in meinem Leben bis dahin gesehen hatte.

Katrin Großmann hieß sie.

Selbstverständlich ging sie in meine Klasse.

Vier Monate älter als ich.

Pechschwarzes, welliges Haar.

Sommersprossen, für die ich hätte sterben können.

Es müssen die Sommersprossen gewesen sein.

Normalerweise stellt man die sich bei Rothaarigen oder Blonden vor, auch in diesem frühen Alter.

Das lehrt einen die Erfahrung sehr schnell.

Wenn es zweimal vorkommt, ist es ein Naturgesetz.

Und ich hatte davor schon einige gesehen.

Schwarze Haare mit Sommersprossen.

Da war es um mich geschehen.

Und welch Zufall! Beide Familien katholisch.

Sankt Martin.

Im selben Gottesdienst. Samstags abends.

Und was für ein zweiter Zufall! Ihre Eltern gingen mit Katrin an warmen Sommertagen wie wir eben auch im Argensee schwimmen.

Ein Traumpaar!

So erschien es mir zumindest.

Die Eltern kamen prima miteinander aus. Die Kinder liebten sich.

Sofern Achtjährige zu so etwas in der Lage sind, müssen Katrin und ich Ähnliches geplant haben wie das, was ich mit Christinchen gemacht hatte. Es muß bei einer der Gelegenheiten geschehen sein, als sich unsere Eltern zum Abendessen verabredeten.

Schwer zu sagen, ob es bei uns zuhause war oder bei den Großmanns.

Ich glaube, es war bei ihnen.

Wir hatten nie Wolldecken mit einem Schwarz-Weiß-Karomuster; aber es war genau dieses Muster auf dem Material, mit dem Katrin und ich versuchten, uns eine Butze zu bauen. Eben wahrscheinlich in ihrem Zimmer.

Sie hatte sogar eine Taschenlampe griffbereit, welche uns als funzelige Beleuchtung diente.

Es war viel zu dunkel da drinnen.

Katrin bestand darauf.

Sie wollte "meins" zuerst sehen.

Keine Chance, daß sie ihr Höschen runterlassen würde, bevor ich vor ihren Augen meinen Schniedel entblößte.

Hoppala!

Mein Hosenknopf ging ab.

Wir entschieden uns dazu, das Projekt abzubrechen.

Unsere Tarnung flog auf.

Irgendwie kriegten's Katrins Eltern raus, und das war's dann.

Sie schoben die ganze Sache selbstverständlich auf mich.

Meine Eltern verteidigten mich gegen jedwede niederträchtigen Anschuldigungen.

Riesen Streit.

Schließlich rügte man mich lautstark.

Ich durfte Katrin nur noch im gesicherten Umfeld der Schule sehen.

Echt toll!

Schlimmer als ein Coitus Interruptus.

Sie kam in die Realschule, ich ins Gymnasium.

In beinahe jedem Fach war sie ein ziemlich hoffnungsloser Fall. Ganz anders als in der Grundschule. Aber alles in allem muß sie noch dümmer gewesen sein als Christinchen.

Ich versuchte, sie zu ignorieren.

In unseren späteren Schuljahren glotzten wir uns immer noch bei jeder Begegnung an, ohne einen Gruß, geschweige denn irgendein Wort auszutauschen. Rein garnichts.

Zwei verhaltensgestörte Teenager.

Echt kraß.

Wenn ich mich richtig erinnere, wurde Katrin fetter und fetter, bis sie dann heiratete.

Muß jetzt wohl einen Stall voll Kinder haben.

Da habe ich wirklich Schwein gehabt, daß aus uns nichts geworden ist.

Oder war es Pech, daß es so kam, wie es gekommen ist?

Nochmal ein Schweißtropfen, der an meiner Stirn kitzelt.

Schwester? Wo bleiben Sie?

Die Stimme versagt mir sowieso unter diesem Beatmungsgerät.

Wenn man das Ganze doch nur abstellte!

Sadisten! Stinkeschwester – ihre Anführerin.

Trotzdem: wenn schon, dann müßte ich ihr noch mehr erzählen!

Bei Katrin war ich stehengeblieben.

Verflucht!

Katrin verkörperte nicht die erste weibliche Faszination nach meinem frühen sexuellen Abenteuer mit Christinchen. Da war doch noch etwas zwischendrin. Zwei Etwasse, wenn man's genaunimmt!

Die Tochter vom Nachbarn exakt eine Tür weiter. Klara. Ein robust gebautes Exemplar der weiblichen Gattung. Nicht unbedingt fett. Aber eben doch sehr robust. Im selben Alter wie ich, aber damals bestimmt an die zehn Zentimeter größer als ich.

Und wie die mich mochte!

So sehr, daß sie mir normalerweise hinter einem Heckenwinkel auf ihrem Fahrrad sitzend auflauerte, um mich dann ordentlich zu vertrimmen, sofern ich das Pech hatte, ihr dort über den Weg zu laufen.

Zugegeben: meine Verletzungen danach hielten sich doch in Grenzen. Es war eben ihre Art, mir ihre Zuneigung zu zeigen und obendrein, wie wenig ich ihr entgegenzusetzen hätte, wenn mir je der Gedanke gekommen wäre, mich ernsthaft zur Wehr zu setzen.

Einmal erwischte sie mich beim Nasepopeln und wie ich hernach die Früchte meiner Arbeit zu verzehren gedachte.

Sie hatte mich in der Hand.

Sie drohte, mich zu verpfeifen.

So wurde ich denn zu einer Art Sklave ihrer wechselhaften Launen. Unglücklicherweise nicht zu ihrem Sexsklaven, denn das hätte versprochen, äußerst interessant zu werden. Ich habe mich danach immer gefragt, ob die Lücke zwischen ihren Beinen wohl breiter war als diejenige Christinchens, da Klara ja um einiges voluminöser war.

Ob ihr Geschlecht wohl genauso duftete?

Ich beging ein einziges Mal den Fehler, ihr vorzuschlagen, daß wir uns doch in unserem Naturzustand gegenseitig untersuchen könnten.

Bei jener Gelegenheit wandte sie wirkliche Gewalt an.

Danach hatte ich Nasenbluten.

Alles in allem handelte es sich bei meiner Beziehung zu Klara Hoppe um eine äußerst ungesunde, extrem unnatürliche, weshalb man es als günstige Fügung ansehen kann, daß ihre Eltern relativ bald aus der Stadt wegzogen.

Fischköpfe eben!

Vielleicht erklärt das einiges.

Wirkten irgendwie arrogant.

In ihrer Gegenwart fühlte ich mich nie wohl.

Sobald ich mal den Mund aufmachte, verzerrte sich ihr Gesichtsausdruck zu einer Art Grimasse, die vermutlich ratlose Ungläubigkeit zum Ausdruck bringen sollte, als ob sie sagen wollten, daß sie dachten, ich hätte nicht den leisesten Schimmer, wovon ich eigentlich spräche.

Immer wenn sie zugegen waren, machte ich alles verkehrt.

Sie verunsicherten mich.

Alle drei.

Vater Hoppe, Mutter Hoppe, Tochter Hoppe.

Kann schon sein, daß die für das langanhaltende emotionale Jammertal verantwortlich sind, durch das ich waten mußte.

Es sind immer die Fischköpfe. Immer alles auf die Fischköpfe schieben.

Die Hoppes wanderten zurück nach Bremen aus. Gute Wahl! Hatten sie verdient. Das Fischkopf-Epizentrum.

Und ich versuchte, mich wieder an einheimische Mädels zu halten.

Allerdings drohte mir da ein weiteres Desaster – immer noch, bevor ich Katrin Großmann begegnete, der eben ein Mädchen namens Carola Schnetzer vorausging.

Fünf Häuser weiter oben in der Straße.

Eine sehr gläubige Familie.

Um ganz ehrlich zu sein, konnte man Carola keinesfalls als Schönheit bezeichnen, obwohl ihre Eltern eher schmucke Leute waren, ein Merkmal, das sie unglücklicherweise ihrer jüngsten Tochter nicht vererbten.

Gliedmaßen so dünn wie Fischgräten.

Ihre Kopfform erinnerte einen an Vollmond am Montag.

Brille mit wahnsinnig dicken Gläsern.

Sie sah aus wie ein Frosch mit Rock.

Dünnes Haar.

Sich überkreuzende Schneidezähne.

Wäre sie älter gewesen, hätten wir uns womöglich nie geküßt, da die Befürchtung nahelag, von diesen ihren Zähnen verletzt zu werden.

Da war sie nun, fünf Häuser entfernt von mir.

Manchmal holten wir einander ab, um zusammen zur Schule zu gehen. Auf dem Weg kamen dann noch andere Klassenkameraden dazu, und eines Tages protzte Carola damit, daß sie etwas mehr Pausenbrotgeld gekriegt hatte als gewöhnlich. Aus diesem Grund machten ihre beste Freundin Martina und ich uns berechtigte Hoffnungen, davon zu profitieren, nämlich in Gestalt von Kaugummi!

Aber dann überlegte sie es sich plötzlich anders - es gab nur Kaugummi für Martina und sie selbst.

Vermutlich wollte sie vor Martina das Gesicht nicht verlieren, denn Martina war berüchtigt dafür, daß sie Jungen haßte.

Jungen sind Drecksauen, pflegte sie zu sagen.

Kaum daß sie meine Anwesenheit duldete, wenn wir mal zu dritt waren.

Jedenfalls mag ich Carola zwar ihre Kaugummi-Grausamkeit verziehen, aber keinesfalls vergessen haben.

Ich werde es nie vergessen.

Ich bin ein Elefant.

Tu' mir etwas an – Gutes oder Schlechtes – und es wird sich tief ins Wachs meiner neuronalen Pfade prägen.

Das unwichtigste, unbedeutendste Detail: wenn es einen Menschen in der großen weiten Welt gibt, der sich daran erinnert, dann bin ich das!

Und wenn wir schon von "unbedeutend" sprechen, sind wir wieder zurück beim unbedeutendsten Lebensmotiv, eben weiblichen Wesen.

Welches war das nächste?

Mal scharf nachdenken; ich meine, Musik zu hören.

TenCC.

Dreadlock Holiday.

Ich mag keinen Reggae.

Wo, verdammt nochmal, kommt die Musik her?

Da ich meinen Kopf nicht drehen kann, muß ich raten.

Von draußen vorm Fenster.

Wahrscheinlich vom Krankenhauspark.

Liege ich im Erdgeschoß?

Das ist eben auch schwer einzuschätzen.

Eines ist sicher: Es kann nicht allzu weit oben im Gebäude sein, denn die Geräusche von draußen, also wohl unten am Boden, sind sehr gut hörbar.

Nun gut, die Windrichtung müßte dabei eigentlich ebenfalls als ein wesentlicher Faktor in Betracht gezogen werden.

TenCC.

Hubschrauberflattern.

Meine Gedanken schweifen zu *The Doors*, *"The End"*.

Ich sprinte hinüber zu jenem gigantischen Buchstaben "H" des Hubschrauberlandeplatzes. Moment mal, das ist aber seltsam: Er ist nicht aus Beton, sondern besteht aus Kieselpflastersteinen, von denen einer etwas höher absteht als die anderen.

Ich bleibe mit dem großen Zeh meines linken Fußes an ihm hängen.

Hoppala, und schwups stolpere ich auch schon!

Ich schüttle mich aus Furcht.

Ich bemerke, daß ich mich überhaupt nicht mehr schütteln kann.

Es sei denn, dies ist nur Einbildung, und als solche stellt sich das Ganze heraus.

Ein Traum.

Schon wieder ein Traum.

Das wird noch häufiger vorkommen.

Schlafen. Träumen.

Träumen, daß alle Glieder wieder so funktionierten, wie es ihnen der Wille vorschreibt.

Wie wäre es denn mit einer Körperamputation?

Einfach den Blutkreislauf für mein Gehirn aufrechterhalten und den Rest meines ohnehin nicht existenten Körpers in den Biomüll werfen!

Echt eine super Idee!

Ich wäre versucht, sie den Ärzten bei der Visite vorzuschlagen, die eben begonnen haben muß.

Ich höre quietschende Gummisohlen auf dem perfekt desinfizierten PVC-Boden.

Tuscheln.

Flüstern.

Ich vergaß.

Noch habe ich keine Sprechzeit.

Es fehlen ein paar Stunden.

Und dann hört mir ausschließlich Stinkeschwester zu. Freiwillig. Gerne? Bewußt?

Falls ich sie mit meinem Vorschlag konfrontiere, kann ich mir sicher sein, daß sie ihn nicht an ihre Vorgesetzten weiterleitet, außer es gelänge mir, Mitleid bei ihr zu erregen.

Deshalb bin ich gezwungen abzuwarten.

Deshalb bin ich gezwungen, mich in Geduld zu üben.

Geduld in der Hölle.

Was bedeutet Geduld in der Hölle?

Wasser von einem randvollen Fünfzig-Meter-Wettkampfschwimmbecken abschöpfen und ein anderes damit füllen. Und das einzig mit Hilfe eines Schnapsglases.

So könnte man sich Geduld in der Hölle vorstellen.

Tim Robbins in *Shawshank Redemption*, wie er sich durch die Gefängnismauer mit Hilfe eines winzigen Modelliermeißelhämmerchens wühlt. Mal ganz abgesehen davon, daß es sich hierbei um ein cineastisches Zitat, also – in deutlicheren Worten – um ein plumpes Plagiat handelt.

So oder so: Ich werde warten müssen.

Wochen.

Monate.

Bis sie endgültig diese vermaledeite Sauerstoffmaske entfernen; dann kann ich sie nämlich mit meinem Endlosgeplapper nerven, anstatt diesem Dreck zum Zwecke meiner eigenen Unterhaltung nur in Gedanken nachzuhängen.

Das Flüstern wird nun etwas lauter.

Sie scheinen über mich zu sprechen.

Ich weiß, daß sie über mich sprechen.

Ich versuche zu verstehen, was sie sagen, aber es gelingt mir selbstverständlich nicht.

Lauter, Idioten! Lauter Idioten.

Ich bin es, über den ihr sprecht! Sollte ich denn nicht miteinbezogen werden? Oder bin ich nur eine von unzähligen numerierten Mäusen im Käfig, mit denen ihr eure Experimente macht? So wird es wohl sein!

Ein medizinisches Versuchskaninchen.

Ich bin ein Verbrecher!

Ich bin kein Mensch mehr.

Ich habe keine Rechte mehr, da ich angeblich die Rechte eines bestimmten anderen Menschen verletzt habe.

Ach, wenn ich doch bloß nicht so hilf- und kraftlos wäre wie jetzt!

Ich sehne mich geradezu danach zu schreien, doch meine Stimme läßt mich verläßlich unablässig im Stich.

Und selbst wenn ich schrie, hätten sie eine herablassend triviale Erklärung parat.

Jeder, der seine Stimme erhebt, hat unrecht.

Ganz ruhig bleiben!

Selbst wenn du innerlich zu explodieren drohst, erhebe deine Stimme nicht!

Erhebe deine Stimme nicht, auch wenn beziehungsweise falls Stuttgart gegen die Bayern das entscheidende Tor schießt!

Es gehört sich nicht.

Wir müssen das wie Erwachsene besonnen und nüchtern diskutieren.

Warum passierte es?

Wie konnte das denn bloß passieren?

Wieviele Standpunkte, Perspektiven müssen berücksichtigt werden?

Jeglicher Zornes- oder Jubelausbruch ist als verwerflich auszuschließen.

Impulsivität ist gleichbedeutend mit Anfälligkeit beziehungsweise Schwäche.

Je stärker wir sind, desto ruhiger reagieren wir.

Wohl wahr: Ich kann garnicht anders als ruhig reagieren.

Ich bin vollständig gelähmt.

Heißt das dann, ich sei stark?

Das ärztliche Geflüster setzt sich fort.

Was zum Teufel ist so kompliziert an meinem Fall?

Ich lasse unkontrolliert Wasser.

Ich habe unkontrollierten Stuhlgang.

Wie, um aller Welt, wollt ihr das ändern?

Fällt ihr etwa endlich eine Entscheidung hinsichtlich meines Endes?

Werde ich Stinkeschwester letzlich doch nicht dazu überreden müssen, es herbeizuführen?

Noch habe ich nicht einmal einen Bruchteil dessen Revue passieren lassen, womit ich sie bezüglich meiner privaten Vergangenheit vertraut zu machen gedachte.

Möchten die Damen und Herren Doktoren und Professoren etwa auch damit konfrontiert werden? Konfrontiert mit tragikomischen Geschichtchen über schräge Schnecken?

Warum nennen wir sie eigentlich "Schnecken"?

Schnecken sind was Ekelhaftes! Haben überhaupt nichts Anziehendes.

Man sucht wohl Äquivalente in der Tierwelt?

Wirklich unpassend.

Bei den Engländern scheint es nicht viel passender. "Birds", also Vögel.

Was soll denn vogelhaft sein an einer Frau?

Die meisten Weibchen in der Vogelwelt sind ausgesprochen häßlich nach menschlichem Ermessen.

Beispiele: Enten, Fasane, Pfaue.

Weibliche Vögel brauchen nicht anziehend zu sein.

Sie sollen vermutlich von den wesentlich hübscheren Männchen angezogen werden.

Warum verhält sich das in der Menschenwelt doppelt gegenteilig? Frau zieht Mann an, Mann zieht Frau aus.

Was bin ich wieder für ein Schelm heute!

Aber zurück zur Sache: Man sehe zudem von der Ästhetik weiblicher Brüste ab.

Einfach nur Make-up.

Wozu? Charade?

Man kann es einfach nicht verstehen.

Vermutlich versuchen Menschen, durch Verhalten auf sich aufmerksam zu machen.

Vogelmännchen fallen durch ihr Äußeres auf.

Menschenweibchen möchten durch ihr Äußeres auffallen.

Vogelweibchen möchten überhaupt nicht auffallen.

Sie wirken allein aufgrund der Tatsache, daß sie weiblichen Geschlechts sind, attraktiv auf ihre potentiellen männlichen Partner und, wenn ich es mir richtig überlege, gilt das eigentlich auch prinzipiell in der Menschenwelt.

In meinem speziellen Fall war es immer die Vagina – das attraktivste Merkmal eines jeglichen weiblichen Wesens; sagen wir, mal abgesehen von den fettesten sowie wirklich häßlichsten Exemplaren davon.

Schauen wir uns deshalb Stinkeschwester nochmal genauer an.

Ja! Besteigbar! Ausgesprochen besteigbar!

Sie ist nicht richtig fett.

In ihrem nackten Zustand könnte ich sie mir durchaus als attraktiv vorstellen – in sexueller Hinsicht, versteht sich!

Aber warum spekuliere ich überhaupt?

Ist doch völlig für die Katz'!

Johnny zieht in den Krieg. Ich bin Johnny, der zum Stück Fleisch degradierte, gesichtslose Soldat im Ersten Weltkrieg, zerfetzt von einer Granate, das Versuchskaninchen von Ärzten.

Genau das bin ich: Johnny.

Mit Ausnahme von einem winzigen Detail.

Er konnte seinen Körper immer noch spüren, fühlen – jedenfalls das, was davon noch übrig war.

Und zunächst vermochte er nicht, mit der Außenwelt zu kommunizieren, bis er herausfand, daß die Krankenschwester, die ihn pflegte, das Morsealphabet beherrschte.

Sie hatte Mitleid und holte ihm in der Folge einen runter.

Stinkeschwester könnte dasselbe für mich tun, aber selbst wenn sie es täte, bekäme ich es gefühlsmäßig nicht einmal mit!

Soweit ich mal gehört habe, kriegen querschnittgelähmte Männer wie ich mitunter immer noch einen hoch.

Und obwohl sie sich dessen garnicht bewußt sein mögen, spritzen sie unter Umständen sogar ab!

Na toll!

All meine Gedanken bezüglich Stinkeschwesters sexueller Attraktivität sind umsonst.

Was macht überhaupt noch Sinn, da die Verbindung zwischen meinen Lenden und meinem Verstand auf immer durchtrennt wurde?

Jeden Tag einen Orgasmus.

Das war es, was das Leben davor erträglich, lebenswert machte.

Um ehrlich zu sein, die besten sind die, wenn man sich's selbst besorgt.

Gilt sowohl für Männlein als auch für Weiblein.

Schön, wenn man's gemeinsam macht, aber für einen selbst ist's unschlagbar.

Keine Erlaubnis für Experimente einholen müssen.

Keine Wartezeiten.

Keinerlei Selbstdisziplin.

Man kann es sich sogar mit einer Million verschiedener Partner vorstellen.

Geile Sache!

Aber jetzt! Schau' dich doch nur an, Winfried Welte, was bist du denn hier und jetzt?

Ein Kopf.

Ein Kopf mit einer Maske, die dich atmen läßt, die dich lehrt, wie du selbst, aus eigenen Stücken, richtig zu atmen hast.

Wozu?

Ich muß Stinkeschwester einfach dazu überreden, mir zu helfen.

Dem Ganzen ein Ende zu bereiten.

Werde ich heute wohl genug Zeit dazu haben?

Meine Fütterungszeit wird mir von meiner Sprechzeit abgezogen.

Sie möchten das Risiko nicht eingehen, mir mehr als neunzig Minuten ohne Maske zuzugestehen.

Ich bin gezwungen, eine Auswahl dessen vorzunehmen, was ich ihr während dieser Zeit erzähle.

Ich muß einige wenige Mädchen auswählen, von denen ich ihr erzähle.

Die Eckpfeiler.

Die Meilensteine.

Und doch sollte ich mich an alle, an jede einzelne erinnern, damit ich die entscheidende Auswahl vornehmen kann.

Nun denn: Wer ist die Nächste auf der langen Liste der weiblichen Wesen, in die ich mich alle verliebt habe?

Ich muß so um die zehn Jahre alt gewesen sein.

Sie war ein Jahr älter als ich, aber sie ging in dieselbe Klasse.

Gerda Bäumler.

Überraschenderweise war nicht ich es, der hinter ihr her war, sondern umgekehrt.

Sie radelte eines Tages zusammen mit einer Freundin, die ich im Übrigen nicht kannte, an unserem Haus vorbei. Schon irgendwie witzig, daß ich mich überhaupt nicht daran erinnere, wie ihre Freundin aussah. Weder ans Gesicht, noch an den Körper. Ist höchstwahrscheinlich damit zu erklären, daß ich nur Augen für Gerda hatte.

Da waren wir also.

Gerda, ihre namenlose Freundin, Markus - damals mein bester Kumpel - und ich.

Prä-pubertäre Neckereien in Gestalt einer Art Fangenspielen mit dem Ziel, den anderen oder die andere in den Hintern zu treten.

Allerdings zeichnete sich dabei deutlich ab, daß Gerda und ich uns mochten.

Heilige Scheiße!

Das fällt mir jetzt erst ein und auf.

Gerda war elf Jahre alt. Gleich alt wie Charlotte!

Dasselbe Alter!

Und doch: welch ein Unterschied!

Gerda wirkte seinerzeit sicherlich femininer als Charlotte das jetzt tut.

Sofern mich mein Gedächtnis nicht trügt, besaß Gerda bereits ein süßes Pärchen befummelbarer Brüste.

Und zudem ein ziemlich weibliches Gesäß.

Lockiges blondes Haar.

Blaue Augen.

Wollüstige Lippen.

Mann, o Mann! Zum Glück war es nur präpubertär von meiner Seite aus.

Nicht auszudenken, wenn schon alles perfekt in Schwung gewesen wäre!

Warum habe ich die Buhlschaft um Gerda Bäumler nicht fortgesetzt?

Da gab es gerademal noch einen Zwischenfall, wie ich mich erinnere, als wir uns in der Tat gegenseitig "berührten".

Eine ziemlich peinliche Gymi-Fete.

Wir tanzten.

Oder vielmehr: Wir versuchten zu tanzen. Wir hielten uns bei den Händen und zogen uns im Takt der Musik zueinander hin, so daß wir rhythmisch mit den Rümpfen zusammenstießen.

Was für ein Nervenkitzel!

Brust an Brust!

Meine gegen ihre Brüste.

Was hätte ich dafür gegeben, die neckischen Dinger unter diesem hautengen orangenen T-Shirt zu liebkosen!

Keine Chance!

Mein Gedächtnis läßt mich im Stich hinsichtlich der Monate, die jener ominösen Gymi-Fete folgten.

Gerda jagte nicht mehr Jungs meines Alters hinterher, sondern solchen, die so zwei, drei Lenze mehr zählten.

Schlampe!

Das ärgerte mich maßlos. Aber es schmälerte mein Schwärmen für sie nicht im mindesten. Beinahe unglaublich, wie eifersüchtig ich seinerzeit war.

Ich hätte töten können.

Und dann?

Sie hätte sich definitiv nicht in mich verliebt deshalb.

Wie konnte ich es nur geschehen lassen, daß sie sich von mir abwandte? Mit ihr zu gehen, hätte sehr wahrscheinlich zu Peinlichkeiten im Kreise meiner Kumpels geführt. Soziale Dynamik.

Ich Arschloch!

Sie hätte mein erster Torerfolg sein können, ich Idiot!

Und was für ein Tor das gewesen wäre!

Stattdessen mußte ich zusehen, schmachten, phantasieren.

Ich!

Nicht sie!

Obwohl zuerst sie es war, die es auf mich abgesehen hatte.

Eine Geschichte versäumter Gelegenheiten.

Meine Geschichte weiblicher Bekanntschaften.

Im Schnitt einmal Verlieben pro jeder einzelnen weiblichen Bekanntschaft, die ich je gemacht habe.

Der Mann, der die Frauen liebte, aber nie, oder fast nie zurückgeliebt wurde.

Nächstes Beispiel.

Gudrun Wegener.

Hätte sich mit ihrem Haar den Po abwischen können.

Netter Po. Konnte man schon in dem Alter sehen.

Wie habe ich sie geliebt!

Und sie liebte Hunde. Schäferhunde.

Sie pflegte mit dem Köter bis ganz oben auf die Wilhelmshöhe hoch zu spazieren.

Manchmal verfolgte ich sie heimlich auf meinem Drahtesel.

Gewöhnlich traf sie ihn auf halber Höhe.

Schäbiger Penner.

Langes, welliges, fettiges, schwarzes Haar.

Jeansjacke von *Levi's* mit dem Wort "Steppenwolf" zwischen den Schultern eingestickt.

So nannte ich ihn denn auch in meinen Tagebucheinträgen.

Steppenwolf.

Oder besser: Hyäne.

Schnappte mir die potentielle Freundin weg.

Eines Tages gab ich tatsächlich vor, ihr während meiner Radtour komplett zufällig über den Weg zu laufen.

Ich hielt nicht an, als wir sozusagen in Sichtweite waren.

Ich lächelte ihr nur zu und fragte quasi beiläufig am Vorüberfahren, wo sie denn ihren Steppenwolf gelassen habe.

Eine rein rhetorische Frage.

Ich erwartete keinerlei Antwort.

Wollte nicht oberverzweifelt wirken.

Trat dann einfach in die Pedale.

Gudrun würde sich nie für mich interessieren.

Oder vielleicht doch?

So anno siebenundachtzig?

Wir wollten einen Kumpel in Heidelberg besuchen. Fuhren mit den Motorrädern hin. Es wurde entschieden, daß ich Gudrun als Sozius mitnehmen sollte. Da hatte sie sich gerade von ihrem langjährigen Freund getrennt. Einer von der Sorte wie etwa ein Jahrzehnt zuvor dieser Steppenwolf.

Ich spürte während der ganzen Fahrt ihre Hände an meinen Hüften.

Als ob sie zu mir gehörte.

Als ob wir eine intime Beziehung zueinander hätten.

Echt schräges Gefühl.

Da war so ein Druck. Die beiden Kumpels auf dem anderen Motorrad erwarteten förmlich von mir, daß ich's bei Gudrun versuchte.

Sie bemitleideten mich dafür, daß ich im stolzen Alter von einundzwanzig Jahren immer noch partnerlos war.

Aus gutem Grund.

Ich hatte es einfach nicht drauf, Mädchen so richtig anzubaggern, wie man so schön sagte.

Und das war damals schon einige Zeit so gegangen.

Und da war jene Steppenwolf-Episode nur eines von vielen Beispielen, die da noch kommen sollten.

Was geschah denn dann in Heidelberg?
Nix!

Der Kumpel, den wir beabsichtigt hatten zu besuchen: nicht da. Keine Vorwarnung unsererseits. Er war kurzerhand zu seiner Schwester gefahren, um sich am Wochenende durchfüttern zu lassen, damit er sich als armer Student die Lebensmittelkosten sparte.

Was sollten wir jetzt tun?

Wir gingen erstmal auf Kneipentour.

Meine Kumpels stachelten einen Zigeuner-Floristen an, so daß ich ihm tatsächlich eine Rose für Gudrun abkaufte.

Sie lächelte.

Sie schnüffelte daran.

Das war's. Nichts weiter.

Wir luden unsere Schlafsäcke von den Motorrädern und nächtigten in einem versteckten Winkel unter freiem Himmel im Stadtpark, stets in Sorge, daß uns eine Polizeistreife aufgreifen könnte.

Kein Auge machte ich zu während jener Nacht. Aus Furcht vor der Polizei. Aus Verzweiflung wegen Gudrun.

Ganz offensichtlich war sie zu haben.

Und sie mußte mich auch nicht ganz ohne gefunden haben. Ich konnte mir allerdings keinen Reim darauf machen, warum so plötzlich. Was hatte sie dazu gebracht, ihre Meinung über mich zu ändern?

Ich war schlicht unfähig, die Initiative zu ergreifen. Schranke unten mit Vorhängeschloß.

Zutritt verboten!

Das brachte mir verächtliche Blicke meiner Kumpels ein. Sie verstanden es nicht. Sie konnten es einfach nicht begreifen.

Los, Hasenfuß, mach' schon!

Das war ich eben.

Als Gudrun seinerzeit mit Steppenwolf ging, war alles, was ich tun konnte, eine dumme rhetorische Frage zu stellen, die sie unheimlich genervt haben mußte. Jetzt, da sie endlich mal was für mich übrig zu haben schien – ja, man stelle sich vor: für mich -, kaufte ich ihr eine Rose.

Punkt. Basta.

Was für ein Depp ich doch war!

Zweimal.

Ach, noch viel öfter, vermute ich.

Stinkeschwester wäre schon längst süß entschlafen, wenn ich ihr all diesen Dreck erzählt hätte.

Diejenige nach Gudrun – wir sind nun schon in der Mittelstufe angelangt -, hieß Anna.

Eine Klasse über mir.

Gütiger Himmel! Wie peinlich das alles ist!

Anna Hellmann.

Auch schon ganz schön feminin, wenn man ihr Alter berücksichtigte.

Allerdings trug sie eine Zahnspange. Nicht eine von denen, die man je nach Bedarf rausnehmen konnte, sondern so eine feste, permanente, stachelige. So eine, wo sämtliche Krümel drin steckenblieben, wenn man Erdnußflips futterte.

Ekelhaft.

Seit es diese Scheißdinger gab, fragte ich mich, wie man die überhaupt sauberkriegt.

Also: Anna Hellmann hatte diese permanente Zahnspange.

Unglücklicherweise für sie, konnte man sie durchaus als eine lebensbejahende, humorvolle Person bezeichnen, die meistens irgendwie lachen mußte und dadurch eben ihre Zähne beziehungsweise leider ihre Spange zeigte.

Sobald sie bemerkte, daß die Spange sichtbar wurde, hielt sie eine Hand vor den Mund. Dann sah sie wie ein unschuldiges Mädchen aus, dem jemand, der sie hofierte, gerade ein großes Kompliment gemacht hatte.

Wie eine Prinzessin im Mittelalter.

So stellte ich sie mir vor.

Dieses Lachen hatte es mir angetan.

Und dann bekam ich die Chance meines Lebens auf einem goldenen Tablett serviert.

Ich versagte auf der ganzen Linie – wie immer.

Wie konnte es auch anders sein? Verlierer!

Schon wieder Gymi-Fete.

Und wieder im Souterrain.

Es muß *AC/DC* gewesen sein. *Highway to Hell*.

Ich forderte sie bei dem ganzen Krach gestikulierend zum Tanzen auf. Das war eigentlich ziemlich kühn, wenn man meinen Werdegang in dieser Hinsicht berücksichtigte.

Und schon war das Lied zu Ende.

Und schon war unsere Beziehung zu Ende.

Wir berührten uns noch nicht einmal.

An diesem speziellen Nachmittag trug sie denselben handgestrickten Wollpullover, den sie auch danach den ganzen Winter über quasi als Ersatz für einen Mantel anhatte.

Schwarz. Mit gelben, grünen und roten Querstreifen.

Sogar trotz jenes dicken Pullis konnte man ihre Weiblichkeit klar und deutlich erkennen.

Was hätte ich darum gegeben, sie mir zu schnappen, sie zu befummeln, sie zu küssen - scheiß' auf die Spange!

Aber selbstverständlich tat ich's nicht.

Diese Gelegenheit ließ ich natürlich ebenfalls aus.

Am nächsten Morgen wechselten unsere Klassen das Zimmer im Schulvorbau. Ich tat so, als ob ich sie nicht sähe.

Was für ein Spacken, was für ein verhaltensgestörter, irrer Idiot ich doch war!

Hallo!

Wie fandest du die Fete gestern?

Echt prima, oder?

Was machst du heute nachmittag?

Und so weiter und so fort.

Aber nein, Winfried Welte war zu blöd, sich zu einem kleinen Geplauder oder ähnlichem durchzuringen, um dadurch eventuell das Herz von Anna Hellmann zu gewinnen!

Anna Hellmann.

Ist heute Ärztin, wie ich gehört habe.

Bauerntochter.

Hatte es ziemlich weit zur Schule von außerhalb.

Ich kam ihr nie so nah, als daß ich den Stall hätte erschnüffeln können.

Womöglich einen Hauch Pferdeäpfel auf ihrem Wollpulli?

Keine Fliegen, die im Sommer um sie herumschwirrten, wie sie es jetzt bei mir im Krankenzimmer tun.

Ich beobachte.

Entspannt das, oder regt es auf?

Ich ertrage die eckigen Zacken nicht, die sie immer so plötzlich einschlagen.

Ich versuche, die Fliegen innerhalb meines Blickfelds zu zählen. Sind es drei oder vier? Schwer zu sagen. Zum Glück sind sie momentan eher rastlos und denken nicht im Traum daran, es sich auf meiner Nasenspitze bequem zu machen. Das wäre ätzend. Wie würde ich sie dann überhaupt los?

Witzig!

Was, wenn ich niesen müßte?

Bewegte sich dann mein Körper?

Ich möchte wohl jetzt gerne einmal niesen, damit ich sehe, was dann geschieht. Aber man kann sich selbstverständlich nicht einfach so zum Niesen bringen oder zwingen. Nicht einmal fein gemahlener Pfeffer ist da hundertprozentig erfolgreich. Ammenmärchen.

Niesen überkommt einen plötzlich.

Wie ein Angriff aus dem Nichts.

Obgleich dies meiner ursprünglichen Hoffnung widerspricht, wünsche ich mir deshalb nun, daß sich eine der vier Fliegen, die da oben an der Decke immer noch munter herumschwirren, auf meiner Nasenspitze niedersetzen möge, um den Niesreiz bei mir auszulösen.

Ich warte.

Zick, zack, zick-zack, zick-zick-zack.

Manchmal kollidieren sie beinahe miteinander. Ein Beinahe-Zusammenstoß veranlaßt sie in der Folge, schneller, aufgeregter zu fliegen.

Was, wenn zwei oder mehrere von ihnen wirklich miteinander kollidierten?

Sehr wahrscheinlich garnichts!

Sie sind viel zu leichtgewichtig, als daß sie bei einem solchen Zusammenstoß getötet würden.

Benommenheit.

Möglicherweise ein kurzer Abfall der Flughöhe für den Bruchteil einer Sekunde.

Wie sieht die Welt aus durch die Augen einer Fliege?

Ich weiß wohl, daß es Filme gibt über das Thema, aber ich weigerte mich stets, sie anzusehen.

Ich kann jetzt meinen kleinen Freund sehen.

Seine großen Facettenglupscher glitzern.

Lacht er über mich? Sieht fast so aus.

Es könnte so etwas wie ein hellseherisches hämisches Lachen beziehungsweise Lächeln sein.

Was erwartet er, was sieht er voraus?

Er reibt seine Vorderbeine aneinander, so wie es auch manche Menschen mit den Händen machen, wenn sie sich auf etwas freuen, das demnächst unausweichlich passieren wird.

Zack!

Platsch!

Rote und weiße Flüssigkeit um mich herum.

Moment mal!

Nein!

Das Weiße kommt nicht von irgendeiner Flüssigkeit.

Das sind Eier.

Eier, die aufbrechen.

Knirsch, knirsch, knirsch-krach-knirsch!

Cremefarbene Maden kriechen pulsierend aus den Eiern auf mich zu.

Zack!

Platsch!

Ich blicke nach oben.

Ein Fuß.

Ein riesiger Fuß hat sie zermalmt, geplättet, ausgequetscht.

Zack!

Der Boden bebt.

Was ist?

Als ich die Augen öffne, nehme ich einen Vogel wahr, der gegen die Fensterscheibe flattert. Eigentlich sehe ich es kaum, da ich meine Augen nur knapp unter die Höhe der oberen Fensterkante senken kann.

Es könnte eine Taube gewesen sein.

Eine von Abertausenden Flugratten.

Gierige, faule Kreaturen, die einen zukacken.

Mit Kacke, die man zuvor an sie verfütterte.

Man verstehe die Städte und Gemeinden dieser Welt.

Warum murksen sie dieses Geziefer nicht einfach ab?

Eine Massenschlachtung.

Da diskutiert man mitunter, ob man die Populationen von Igeln, Dachsen oder grauen Eichhörnchen durch Jagd kontrollieren solle.

Dabei sind das doch ganz possierliche Tierchen.

Aber Tauben scheinen zu den gefährdeten Tierarten zu zählen – die Unantastbaren.

Warum?

Murkst sie ab!

Murkst sie alle ab!

Gute Güte!

Mein Opa!

Wenn der gewußt hätte, was ich von Tauben halte, hätte er mich glatt mit seiner Schrotflinte abgeknallt, die er hauptsächlich zur Jagd auf Habichte verwendete, die seinen wohlgenährten Zuchttauben zu nahe zu kommen drohten.

Gütiger Himmel!

Ob wir wirklich miteinander verwandt sind?

Das heißt: Waren wir wirklich Verwandte?

Da er Tauben liebte und ich sie durch und durch verabscheue: Ist es möglich, daß wir derselben Familie angehören?

Vermutlich bin ich eine wahre Promenadenmischung in Bezug auf meine Eltern.

Irgendwie denke ich doch, daß ich dahingehend Glück habe, oder sollte ich das besser in die Vergangenheitsform setzen? Nun gut, Korrektur: bis zu dem Zeitpunkt, als mir Beate über den Weg lief.

Ich dachte, ich hätte Glück gehabt, nicht zuletzt deshalb, weil ich nur die besten Eigenschaften von beiden Seiten der Familie geerbt hatte.

Kreativität bekam ich von meinem Großvater mütterlicherseits mit, also eben dem Taubenliebhaber.

Die körperliche Robustheit kommt von der Familie meines Vaters. Genau genommen, hätte ich nicht überlebt, wenn ich nicht so ein zäher Knochen wäre – mal abgesehen von meiner extremen Schmerzempfindlichkeit.

Die Attacke dieser bestialischen Schweine hätte normalerweise zu meinem sicheren Tod führen müssen.

Irgendwie konnte ich mithören, wie sie in der Notaufnahme über mich sprachen. Ob es nun unterbewußt war oder nicht, jedenfalls sagten da ein paar Stimmen, daß jeder normale Mensch an meinen Verletzungen hätte sterben müssen. Der Blutverlust sei schlicht zu groß gewesen.

Warum sollte ich auch in einer derart aussichtslosen Situation solch eine Lebenslust entwickeln? Meine ganze Existenz zum Zeitpunkt, als sie mich in die Mangel nahmen, war ausgesprochen überflüssig, umsonst, ohne irgendeinen Sinn beziehungsweise Zweck.

Da darf man erst gar nicht anfangen: Worin liegen Sinn und Zweck des Lebens generell?

Für mich galt jedenfalls schon seit einiger Zeit, daß mein Dasein eher einem Dahindümpeln ohne Ziel glich.

Welcher Richter nähme mir je so etwas ab?

Nähme Stinkeschwester mir das ab, das heißt, wenn sie sich überhaupt dazu herabläßt zuzuhören, was ich ihr zu sagen habe?

Ob sie wohl Gnade walten läßt, vorausgesetzt es gelingt mir, ihr ausschließlich die allerwichtigsten Dinge aus meiner Biographie zu erzählen?

Ja, ja, abermals das Stinkeschwesterlein.

Ich habe mich in sie verknallt.

Sie ist der einzige Mensch in der großen weiten Welt, der im Entferntesten irgendwie in der Lage dazu wäre, mir zu helfen.

Also, wo war ich stehen- oder vielmehr liegengeblieben?

Diese ständige mentale Benommenheit hilft meinem Bestreben nun garnicht.

Fliegen, Tauben, Alpträume, Wirklichkeit.

Was ist Wirklichkeit?

Kon-zen-trie-ren!

Wo war ich?

Himmel, Arsch und Zwirn!

Schon wieder ein Luftzug. Jemand hat die Tür aufgemacht.

Zong!

Muß Stinkeschwester sein. Unverkennbares Geräusch, wie sie die Tür zuschlägt. Erinnert an eine Ohrfeige. Locker aus dem Handgelenk. Äußerst professionell.

So stelle ich es mir wenigstens vor.

Es kotzt mich an.

Es kotzt mich wirklich an, daß ich nicht weiß, wie sie heißt.

Ich könnte einfach mal mit der Sauerstoffmaske auf sprechen.

Guten Abend!

Ist es überhaupt schon Abend?

Schwer zu sagen bei den vielen Schlafphasen, die mich zwischendurch befallen wie eine ansteckende Krankheit.

Ein Kirchturm in der Nähe käme da ganz gut.

Ausgerechnet jetzt bräuchte ich einen. Sonst halten die Dinger einen ewig lang wach oder wecken einen auf mit ihrem Gebimmel alle Viertelstunde.

Ist es nun Abend oder nicht?

Sie denkt ja nicht im Entferntesten daran zu antworten.

Liegt es daran, weil es noch zu früh ist oder weil sie einfach keinen Bock hat zu antworten?

Dann halt nochmal ein Versuch.

Guten Abend!

Sprechen Sie nicht mit der Sauerstoffmaske auf!

So kommt es ziemlich schroff zurück. Was für eine launische Kuh! Sie hätte es wirklich dringend nötig. Egal ob sie mieft oder nicht.

Ich mache weiter. Scheiß' auf ihre Anweisung!

Wie heißen Sie?

Und selbstverständlich vergesse ich auch das Zauberwort nicht: Bitte!

Wieder – nichts!

Wie heißen Sie, bitte?

Ich habe Ihnen doch gesagt, daß Sie nicht sprechen sollen mit der Maske auf!

Bitte! Wie heißen Sie?

Das steht auf meinem Namensschild.

Sie macht es mit voller Absicht. Wie um drei Teufels Namen soll ich das Drecksding sehen können? Wann immer sie sich über mein Gesicht beugt, ist alles, was ich erkennen kann, ihre ungewaschene Fresse sowie einen winzigen Abschnitt ihres Halses und vielleicht noch ihre Schulterlinie.

Eventuell aufgenäht wie bei Soldaten, mag ihr Namensschild etwas über ihrer Brust angebracht sein.

O ja!

Wie gerne sähe ich ihre Brüste!

Unbedeckt, versteht sich! Wie ihnen dieser süß-saure schweißelige Geruch entströmt.

Wenn Sie's mir schon nicht sagen wollen, hätten Sie dann wenigstens die unendliche Güte, sich so hinzustellen, daß ich in der Lage wäre, Ihr Namensschild zu lesen?

Gütiger Himmel!

Diese Äußerung hat mich nun aber absolut geplättet!

Zu lange. Zu verblümt. Kurz und gut: zu anstrengend für jemanden, dessen Atmung noch von einer Maschine unterstützt wird.

Höre ich da Kichern?

Lacht sie darüber?

Oder lacht sie mich aus?

Sieht so aus.

Warum wollen Sie wissen, wie ich heiße?

Erwartet sie eine Antwort?

Zum einen möchte sie nicht, daß ich mit der Maske auf spreche. Und zum andern will sie dann eine Antwort von mir haben! Oder sollte das wieder eine rhetorische Frage sein?

Negativ! Schwein, einen Scheißdreck gebe ich dir, und erst recht nicht meinen Namen! Perversling! Sobald du meinen Namen kennst, bin ich verloren!

Ich versuche, höflich zu sein.

Wirkt das nicht sehr unpersönlich, wenn man sie die ganze Zeit immer nur "Schwester" nennt? Wäre es nicht netter, wenn man da ihren Vornamen hinzufügte, oder – falls das schicklicher ist - "Frau Soundso"?

Jetzt läßt sie wirklich die Bombe platzen: Warum sollten wir höflich zueinander sein? Wir haben privat überhaupt nichts miteinander zu schaffen. "Schwester" ist deshalb völlig in Ordnung.

Ich höre, wie sie sich umdreht.

Ihre *Crocs* oder was auch immer quietschen auf dem PVC.

Ich höre, wie sie die Türklinke bedient.

Zögern.

Sie läßt sie nicht los, und sie öffnet die Tür nicht unverzüglich. Sie scheint etwas zu überlegen.

Michaela Lenhart, sagt sie kurz und ruhig.

Die Tür wird geöffnet und kurz darauf zugeschlagen.

Dankeschön, Fräulein Lenhart!

Ich würde Sie gerne mit "Michaela" ansprechen.

Aber da muß ich sie erstmal um Erlaubnis bitten.

Takt ist jetzt das absolut Wichtigste, damit ich das Gewünschte erreiche.

Verschoben wie ein Fußballspiel im Winter aufgrund von vereistem Spielfeld.

Der große Unterschied dabei: Ich habe keinen blassen Schimmer, wann sie zurückkommt, mir diese vermaledeite Maske abnimmt und mich schließlich sprechen läßt. Und – das darf man bei der ganzen Sache erst recht nicht vergessen – ich muß meine Gedanken zügeln, lenken, konzentrieren.

Ockhams Rasiermesser. Einfach das Unnötige abschneiden!

Aber was darf als unnötig angesehen werden?

Von welchem unnötigen Ballast sollte ich mich trennen?

Anstatt Fräulein Lenhart über meine Mädchen zu berichten, genauer: über die Lieben meines Lebens, könnte ich eigentlich auch über meine ganz spezielle Lage hier vor ihr philosophieren.

Eine Maschine, die eine Maschine in Schwung hält.

Ich Maschine.

Mensch-Maschine. *Kraftwerk*. Die Siebziger.

Und selbstverständlich – wesentlich früher – jener Franzose. Der Hirndoktor. Revolutionärer Materialist. Häretiker.

Fragt sich, warum sie den seinerzeit nicht enthauptet haben.

Er beobachtete, und er zog seine Schlüsse.

Unser Gehirn ist a l l e s .

Wenn es mit ihm vorbei ist, dann auch mit uns!

Nichts weiter.

So einfach ist das.

Es wäre faszinierend zu erfahren, welchen Kommentar Fräulein Lenhart dazu abgäbe.

Womöglich hält sie es sehr ernst mit der Religion.

Sie trägt kein Kreuz um den Hals. Allein: Das sage ich mit meinem extrem eingeschränkten Blickfeld. Einen Knopf hat sie geöffnet oben am Kragen ihres kurzärmligen hellblauen Schwesternkittels. Soweit ich das bisher sehen konnte.

Ein weiterer offener Knopf, und man könnte eventuell ein Halskettchen erspähen. Ein Kreuz könnte dann daran rausrutschen und vor meinen Augen hin- und herwippen.

Jedenfalls, soweit ich das beurteilen kann, ist sie nicht religiös genug, als daß ich sie mit jedweder Philosophiererei über Materialismus aus der Reserve locken könnte.

Sie scheint eher jemand von der skeptischen Sorte zu sein.

Sie würde alles in Frage stellen.

Aber man darf nicht ausschließen, daß sie trotz allem schließlich Vernunft annähme.

Der erste Schritt, der erste richtige Riesenschritt: Sie nannte mir ihren Namen, obwohl sie das zunächst überhaupt nicht beabsichtigte. Doch mein Argument hinsichtlich praktischpragmatischer Vorzüge des Ganzen muß sie überzeugt haben.

Die Tatsache, daß sie mir ihren Namen nannte, läßt mich doch sehr hoffen.

Wenn ich einfach ruhig, besonnen und beständig insistiere, könnte ich von ihr bekommen, was ich will.

Morphium. Valium. In hoher Quantität. Sie muß es mir besorgen.

Sie muß sich komplett in mich hineinversetzen können. In die Vergangenheit, Gegenwart und potentielle Zukunft von jemandem wie mir.

Nun gibt es da aber ein Hindernis, das so hoch hinaufreicht, daß es möglicherweise nicht überwunden werden kann: Sie ist weiblichen und ich bin männlichen Geschlechts!

Grundlagen.

An die Grundlagen denken!

Die wichtigsten winzigen Details müssen verbucht und betont werden. Warum dann nicht auch ein Perspektivenwechsel? Ich tue jetzt einfach so, als wäre ich Michaela Lenhart!

Wie werde ich sie beeindrucken können?

Indem ich wie eine Frau reagiere.

Indem ich Frauen imitiere so gut, wie ich einfach nur kann.

Schließlich sollte ich dann auch noch den Stein der Weisen finden!

Denk' nach! Denk' nach!

Was kommt als nächstes?

Da geht die Tür wieder!

Kommt sie jetzt schon zurück?

Möchte sie sofort meine Geschichte hören?

Das wäre zu schön, um wahr zu sein, obwohl ich noch garnicht vorbereitet bin!

Dafür habe ich bisjetzt zu wenig geprobt.

Das sind nicht nur ihre Gummisohlen. Da ist noch jemand anders dabei! Ein Mann. Hundertprozentig. Ein metallischer Klang, wenn die Fersen auftreten. Kein Arzt.

Ein effekthascherischer Typ, wenn man vom Klang der Schuhe ausgeht. Warum sollte mich so jemand besuchen?

Sie läßt es mich wissen.

Sie haben Besuch!

Als ob ich es nicht geahnt hätte!

Es ist "mein" Anwalt. Pflichtanwalt.

Sie geht.

Im Gehen trichtert sie mir nochmals ein, ja nicht zu sprechen.

Warum?

Warum sollte ich nicht mit meinem Anwalt sprechen, wenn er sich schon die Mühe gemacht hat, mich zu besuchen?

Rein zur Information, betont er wiederum.

Unter Berücksichtigung meines irreversiblen Gesundheitszustands habe der Richter entschieden, die Verhandlung abzublasen.

Das sei nicht gleichzusetzen mit einem Freispruch, sagt er, es bedeute lediglich, daß ich als untauglich befunden werde, einer Gerichtsverhandlung beizuwohnen sowie jegliche verhängte Strafe in Folge eines ergangenen Urteils abzugelten.

Was für eine Freude!

Damit befinde ich mich mal wieder im Niemandsland wie schon so oft!

In der öffentlichen Meinung – selbst wenn ich darauf pfeife, was die Öffentlichkeit meint – bin ich schuldig im Sinne der Anklage.

In jeder Hinsicht bin ich behindert.

Machtlos.

Ohnmächtig.

Sie können mit mir machen, was sie wollen.

Warum ließen sie die bestialischen Schweine mich nicht töten?

Warum haben sie mein Leben unnötig verlängert?

Wieder klackernde Hacken.

Er geht, ohne sich zu verabschieden.

Nicht auch nur einen Wimpernschlag lang hat er an meine Unschuld geglaubt.

Beschimpfen könnte ich ihn dafür.

Allein: Weshalb sollte er überhaupt an meine Unschuld glauben? Seine Bezahlung ist zu erbärmlich, als daß er sich dazu verpflichtet fühlen müßte.

Er wurde lediglich dazu engagiert, um mich vor Gericht juristisch zu vertreten. Er lebt von Steuergeldern. Ob er sich nun ins Zeug legt, meine Unschuld nachzuweisen oder nicht, spielt für ihn kaum eine Rolle.

Vermutlich ist mein Fall nicht publikumswirksam genug.

Oder, was viel wahrscheinlicher ist, er würde seinen eigenen Namen ruinieren, falls er einen Freispruch rausholte.

Man hat mich bereits verurteilt, eben halt so wie Fräulein Lenhart auch.

Allerdings sollte ich in ihrem Fall nicht verzweifeln und gar aufgeben.

Denk' wie eine Frau, Winfried Welte!

Ich glaube, ich kann das einfach nicht!

Ich muß ihr halt einfach die Geschichte aus meiner Sicht erzählen.

Sie soll dann eben die weiblichen Lücken selbst füllen.

Wo war ich stehen- beziehungsweise liegengeblieben?

Ach ja!

Theater-AG, Mittelstufe!

Damen-Umkleideraum in der Festhalle.

Die ersten nackten Frauenbrüste, die ich je sah.

Durchs Schlüsselloch.

Antje Scheerer und Sieglinde Steigbauer.

Bezaubernd!

Fest, mittelgroß.

Die Nippel gleichermaßen!

Und das Beste daran: Kurz bevor sie sich ihre Unterhemdchen abstreiften!

Meine allerersten Himbeerschmugglerinnen!

Da wäre ich am liebsten in den Umkleideraum gestürmt und hätte sie besprungen wie ein brünftiger Hirsch.

Den Grad an Schmerz, den ich in der Lendengegend verspürte, hätte keine Masturbation der Welt im mindesten gelindert.

Vier leckere Himbeeren, leicht bedeckt von Doppelripp.

Man muß es selbst gesehen haben, um es wirklich glauben zu können!

Sommersprossige Käsekuchenhaut der beiden Schmugglerinnen.

Gänsehaut obendrein.

Zugiges, altes Gemäuer, diese miefige Festhalle, wo wir John B. Priestleys *Ein Inspektor kommt* aufführen sollten.

Ich – Mr Birling.

Antje Scheerer – meine Tochter.

Was für ein Gedanke: Inzucht!

Sieglinde Steigbauer – das Dienstmädchen.

Das schien eher angemessen – Techtelmechtel mit einer Bediensteten; ziemlich an der Tagesordnung damals, nehme ich mal an.

Ach ja, und dann noch Bärbel Kohler – meine Gattin.

Brüste, unter denen man sein Gesicht hätte begraben können.

Scheibenkleister! Ihr Teil der Garderobe im Umkleideraum war durchs Schlüsselloch nicht zu erkennen.

Sie wollte sich auch nicht vor den anderen Mädels entblößen. Sie war die Schüchternste, vielleicht wegen ihrer übergroßen Säugeorgane.

Allerdings glaube ich, daß sie in der Tat verliebt in mich war.

Es scheint, als ob sie damals ihre Rolle förmlich lebte.

Die Blicke, die sie mir zuwarf.

Eine goldene Gelegenheit.

Ungenutzt.

Idiot!

Sozusagen eine sichere Bank.

Kinderleicht.

Aber nein, Winfried Welte war natürlich unsterblich verschossen in dieses ordinäre Zweiergespann.

Die führten mich nur an der Nase herum.

Heh, Winnie, begrapsch' doch mal deine Alte! Na, komm' schon, du Waschlappen!

Sie haßten Bärbel aufgrund ihrer Weiblichkeit.

In ihren Augen maß man Weiblichkeit an der BH-Größe.

Wenn die je geschnallt hätten, daß ich manchmal von draußen durchs Schlüsselloch spiekte!

Es war wohl ihre Schuld, daß ich nichts von Bärbel wissen wollte. Ich hätte mich geschämt, mit ihr zusammen als Paar gesehen zu werden.

Bescheuert!

Ich hatte Angst, daß sie hinter meinem Rücken über mich lästern würden.

O, sieh' da! Endlich hat sich das Traumpaar gefunden!

Wie abhängig ich mich doch davon machte, was andere von mir dachten!

Oder tue ich das etwa immer noch?

Natürlich! Selbstverständlich!

Mein Selbstwertgefühl steht und fällt mit der öffentlichen Meinung über Winfried Welte, die zugegebenermaßen momentan ziemlich schlecht zu sein scheint.

Wie könnte ich das je ändern bei all dem, was der Anwalt eben berichtete.

Lohnt es sich, für einen Ruf zu kämpfen, der eigentlich auf immer in Trümmern liegt?

Allein der Verdacht zählt bereits.

Wenn mich je ein Richter freigesprochen hätte, dann wäre dennoch die Scheiße der Beschuldigung an meinen Hacken haften und dementsprechend die öffentliche Meinung von mir dieselbe geblieben.

Und nun kann ich mich weder physisch noch praktisch vor Gericht verteidigen, da sie aufgrund meiner schlechten Gesundheit das Verfahren eingestellt haben. Was kann ich noch dagegen tun?

Mir ist so elend zumute. Totes Fleisch bin ich. Nichts außer nutzlosen Gedanken, die mich so oder so umbringen.

Aber ich hege weiterhin Hoffnungen, was Fräulein Lenhart betrifft.

Vielleicht legt diese kleine Geschichte um Antje, Sieglinde und Bärbel eine andere Herangehensweise nahe, wie ich Fräulein Lenhart dazu bewegen könnte, mir das zu verschaffen, was ich brauche.

Ihren Haß schüren? So sehr, daß sie mich noch mehr haßt als ohnehin schon? Ihre schlechte Meinung über mich bestätigen? Nicht ihr Mitleid erregen?

Bislang nahm ich an, daß sie sich mit einem Mann, der kein Glück in der Liebe hatte, identifizieren könnte, mit einem Mann, der einen großen Fehler beging, der in der konkreten Situation noch nicht einmal nach einem Fehler aussah.

Jetzt spekuliere ich, daß es eine hervorragende Idee sein könnte, wenn ich ihr den wahren Perversling vorspiele.

Anstatt Fräulein Lenhart zu erzählen, daß ich draußen vor der Umkleide war und durchs Schlüsselloch glotzte, könnte ich sagen, daß Lorenz, mein Sohn im Theaterstück, Rainer, mein zukünftiger Schwiegersohn im Theaterstück, und ich in die Umkleide stürmten und die drei Mädels vergewaltigten.

Ich nahm mir Bärbel einzig wegen ihrer Brüste vor.

Und so weiter.

Die Mädels hätten sich niemals getraut, uns zu verpfeifen.

Es passierte eben. Nicht nur einmal. Nicht zweimal. Vielleicht fünfmal? Zehnmal? Sagen wir, dreizehnmal. Ein paar Proben. Ein paar Aufführungen. Niemand scherte sich je auch nur einen Dreck darum, was in jenem Umkleideraum geschah.

Oder doch?

Klingt das plausibel genug für Fräulein Lenhart? Durchschaut sie es etwa? Zu phantastisch? Zu offensichtlich?

Ich war schon immer ein schlechter Lügner.

Gute Güte! Das Geld, das ich während meiner Schuljahre beim Pokern mit meinen angeblichen Kumpels verloren habe! Die blufften sich so durch, und ich schmiß so oft ein Full House weg, während sie dann mit mickerigen Paaren abräumten!

Die Geschichte meines Lebens.

Gewissenhafter, gründlicher, ehrlicher, recht-schaffener Winfried Welte.

Ehrlich währt am kürzesten.

Warum sehe ich das nicht endlich ein?

Unleugbar.

Lügner sind Gewinner, und die Ehrlichen werden dann zur Kasse gebeten.

Also: werde ich Fräulein Lenhart die Wahrheit sagen, oder stelle ich ihr gegenüber mein Leben als das eines perversen Schweines dar, welches ich in ihren Augen sowieso schon bin?

Ich kann einfach nicht lügen.

Punkt.

Wahrscheinlich wäre ich doch dazu fähig, eine schnuckelige kleine Geschichte zu erfinden, aber niemals gelänge es mir, diese einem Publikum glaubhaft zu präsentieren.

Bestes Beispiel: Witze!

Jeden kotzigen Witz würge ich ab.

Liegt am Zögern.

Vor allem, wenn es auf die Pointe zugeht. Genau dann komme ich ins Überlegen, und sie geht mir folgerichtig nicht flüssig genug von der Zunge, so daß ich dadurch jedwedem Witz das Lächerliche entziehe.

Aus diesem Grund lacht kein Schwanz über meine Witze, egal wie lustig sie eigentlich sein mögen.

Oje, Winnie erzählt 'nen Witz! Nix wie weg!

Das ist überhaupt nicht witzig.

Nicht zuletzt deshalb hatte ich wohl keine Chance, bei Antje Scheerer oder Sieglinde Steigbauer zu landen. Ich konnte sie einfach nicht zum Lachen bringen.

Man mußte sie nur anschauen, wann immer ich lustig sein wollte. Dann blickten sie einander an und verzogen den Mund ein bißchen.

Das tat am meisten weh: sie stimmten sich gegenseitig zu, daß ich nicht witzig genug war.

Und das war nicht nur eine Art Übereinstimmung, sondern vielmehr wie respektloses Mitleid. Sie bemitleideten mich, weil ich niemals die Chance bekommen würde, in ihren erlesenen Kreis der Möchtegern-Originellen aufgenommen zu werden.

Damals erwarteten sie von jedem und jeder, daß es witzig sein sollte, wie sie vorspielten, zweijährige Mädchen zu sein. Mit Schnuller und allem drum und dran. Kichern und Baby-Talk – auch zu den Lehrern.

Ganz toll! Die Ausgeburt der Originalität!

Was für ein Spacken ich doch war!

Selbstverständlich stimmte ich mit ins Gelächter ein, obwohl ich diese krampfhafte Show schlicht ätzend fand.

Aber sie waren die Chefinnen, die Trendsetterinnen.

Sie bestimmten, was witzig war und was nicht.

Ich war nun gleich gar nicht witzig, und sie waren es eben. Punkt.

Selbst wenn ich damals einen Kabarett-Wettbewerb gewonnen hätte, wäre ich nicht in ihre Clique aufgenommen worden.

Gruppendynamik. Soziale Dynamik.

Sie waren die Alphatiere, und nichts änderte sich daran über Jahre hinweg.

Würde mich schon interessieren, was aus den beiden dummen Fotzen geworden ist.

Seinerzeit, als ich dann mal so langsam begriff, daß sie sich nie in mich verschießen würden, stellte ich sie mir als Nutten in Schwabing vor, von wo ich sie aus ihrer zweifelhaften Karriere retten würde, wofür sie mir danach auf ewig dankbar wären.

Wahre Liebe in alle Ewigkeit.

Echt beknackt!

Träume eines Heranwachsenden.

Wenn ich es mir jetzt so recht überlege, stellt sich das Ganze als absolut lächerlich heraus.

Mein Wohlbefinden hängte ganz von ihrer Meinung über mich ab, da ich sie in meiner wirren Welt als mir überlegen ansah.

Ich ging davon aus, daß sie mehr wußten als ich.

Wohingegen ich jetzt, nach einem halben Leben an Welterfahrung, exakt das Gegenteil behaupten darf.

Während jeder Periode meiner bisherigen Existenz muß ich in intellektueller Hinsicht der Überlegene gewesen sein. Vom Kindergarten bis zum Arbeitsplatz und – vor allem – im Gefängnis!

Im Kindergarten war ich wesentlich weniger begriffsstutzig als meine Spielkameraden.

In der Schule begriff ich Zusammenhänge beträchtlich schneller als alle anderen.

Mir wurde dann schnell langweilig, und meine Beliebtheit bei den anderen schmälerte sich schrittweise aufgrund dessen, was sie Klugscheißerei nannten.

Es fiel mir halt wesentlich leichter als den meisten, Dinge im Gedächtnis zu behalten.

Und dann glotzte ich eben nicht den ganzen Dreck im Fernsehen so wie die anderen, sondern eher Schulfernsehen und Dokumentationen.

Mutter!

Die zwang mich quasi dazu.

Aber ich zog doch einigen Nutzen daraus.

Mein Gehirn glich einem Schwamm, und das gefiel selbst einigen Lehrern nicht. Sie erkannten meine Intelligenz nicht an. Das ging dann sogar so weit, daß sie mich mehr mobbten als meine Klassenkameraden.

Und dennoch war ich irgendwie der festen Überzeugung, daß sich meine epistemische Welt präzise mit derjenigen eines jeden Mitmenschen deckte. Und Leute, die älter waren als ich, so meine Denke, wußten eben noch mehr.

Das kam nahe an so etwas wie einen Instinkt heran, diese Fehleinschätzung, daß ich von Menschen höheren Alters als ich etwas lernen könnte – wie eben von Antje Scheerer und Sieglinde Steigbauer.

Immer noch warte ich auf den Tag, da ich wirklich glaube, eine eigene, einzigartige epistemische Welt zu besitzen und es so gut wie auszuschließen ist, daß ich sie mit irgendjemandem teilen könnte.

Der springende Punkt ist nun der folgende: jetzt scheint der Augenblick gekommen, um sie zu teilen, und die einzige Kandidatin dafür, die mir zur Verfügung steht, ist Michaela Lenhart.

Eventuell hat sich bereits ein Band zwischen uns geknüpft.

Vielleicht gelingt es mir, ihr meinen Verstand, mein Gedächtnis zugänglich zu machen.

Wenn man vom Teufel spricht: da ist sie wieder!

Das muß sie sein.

Es ist das typische Geräusch ihrer Gummisohlen auf dem PVC-Boden.

Ich vermute, daß sie ganz leicht hinkt. Man vermag, solche Dinge zu hören.

Ja: sie ist es!

Oder doch nicht?

Das ist kein vollständiger Satz, Liebling!

Meine Lieben: So geht das nicht! Ihr müßt immer vollständige Sätze bilden!

Fräulein Lipprecht!

Das gute alte Fräulein Lipprecht!

Sechste Klasse Deutsch.

Deutsche Grammatik und Fräulein Lipprecht.

Ein Grammatikfehler im Aufsatz bedeutete: eine Strophe der *Bürgschaft* auswendiglernen! Am Ende des Schuljahres konnten wir alle das ganze verdammte Ding von vorne nach hinten und umgekehrt aus dem Gedächtnis herunterbeten.

Fräulein Lipprecht und ihre Faust, mit deren flachen Seite sie stets auf den Katheder klopfte, wenn wir Sprache nicht gemäß ihrem Standard produzierten.

Schimpfworte standen ebenfalls ganz oben in ihrer Prioritätenliste.

Das Sch-Wort.

Bewundernswert!

Ihre Sprache war absolut porentief rein, wie Clementine sagen würde. So rein, daß sie damit ohne Umweg übers Fegefeuer in den Himmel gekommen wäre.

Fräulein Laura Lipprecht.

Alle haßten wir sie.

Alle liebten wir sie.

Alle haßten wir sie für ihre Strenge, für ihre Gnadenlosigkeit, wenn es darum ging, ungenügende Leistungen zu bestrafen.

Aber alle liebten wir sie doch irgendwie als den fürsorglichsten Menschen auf Erden.

Sie kitzelte selbst aus dem Dümmsten das Beste heraus.

Und es brach uns jedesmal das Herz, wenn sie über ihre Erlebnisse aus dem Krieg plauderte.

Lazarettschwester.

Zum einen mochten wir es, wenn sie vom Thema abschweifte. Das bedeutete: Zeit zum Durchatmen! Gelegenheit, ein bißchen zu entspannen, sollte man meinen.

Aber nein: ziemlich schreckliche Geschichten aus dem Lazarett. Und dann gab sie uns immer den Rest, wenn sie sich schließlich ihre Tränchen aus den Augen sowie vom Glas ihrer spitzendigen schwarzen Hornbrille wischte.

Man hätte im Klassenzimmer eine Stecknadel zu Boden fallen hören am Ende einer jeden ihrer Geschichten.

Manchmal wiederholte sie sich, weil die Erfahrungen dermaßen traumatisch gewesen sein müssen, daß sie sich nicht erinnern konnte, wem sie eine spezielle Geschichte bereits erzählt hatte und wem nicht.

Echt tragisch.

Selbstverständlich war und blieb sie eine alte Jungfer.

Jungfer!

Was für ein Wort!

Ach ja! Die Jungfer hat das Krankenzimmer betreten.

Sie ist wohl ebenfalls eine Jungfer.

Oder hat sie etwa ihren persönlichen Napoleon?

Einigen Menschen machen selbst die ekelhaftesten Dinge überhaupt nichts aus.

Offenbar stört sich Fräulein Lenhart nicht im mindesten an meinem Piss- und Kackbeutel.

Neulich blieb sie sogar ganz cool, als einer der Schläuche davon aus der Fassung rutschte.

Im wahrsten Sinne: Heilige Scheiße!

Der Gestank!

Wenn wir schon dabei sind: da haben wir es wieder – ihr Naturparfüm!

Ah ja!

Sie beugt sich über mich!

Ich frage mich, ob sie Mundgeruch hat.

Frischluftzufuhr.

Vielleicht hatte sie gerade Kaffee in der Kantine und verabsäumte es wie üblich, danach zu gurgeln. Kaffeegeschmack, der im Mund so vor sich hingärt. Welch widerlicher Gedanke!

Glücklicherweise habe ich die Sauerstoffmaske auf.

Sie würde mich sowieso nicht küssen, obwohl es sicherlich interessant wäre zu erfahren, wie sie küßt.

Sie trägt ihre Armbanduhr mit dem Ziffernblatt nach innen gewandt.

Mutter schwörte Stein und Bein, daß alle, die das taten, dem *Club der Ungeküßten* angehörten.

In diesem speziellen Fall könnte sie durchaus rechthaben!

Warum nur trägt Fräulein Lenhart zwei Uhren?

Erstmal die obligatorische Schwesternuhr fast auf Höhe des Schultergelenks.

Und dann zusätzlich die Armbanduhr.

Das mutet in der Tat seltsam an.

Nutzt mir nicht viel.

Manchmal gelingt es mir, aufs Ziffernblatt ihrer Schwesternuhr zu linsen, obwohl ich mich dann eher meist auf ihre Brüste zu konzentrieren versuche, die sich eigentlich so gut wie von meinem Blickfeld entziehen.

Ich glaube, sie hat bislang keine Himbeeren geschmuggelt.

Momentan ist es einfach zu warm.

Es käme gut, wenn sich die leckeren Beerchen auf ihrer hellblauen Uniform abzeichneten. Allerdings dürfte sie keinen Büstenhalter tragen, damit die Dinger richtig zur Geltung kämen.

Hat sie sich etwa bekehren lassen?

Sie wischt mir doch glatt die Stirn mit einem kühl-feuchten Tuch ab!

Womit habe ich das verdient?

Sie spricht mich aus eigenem Antrieb heraus an.

Träume ich mal wieder?

Ach, nein: ich verstehe!

Sie hat mir geistlichen Beistand mitgebracht. Sandmännchenmäßig.

Einen Pastor.

Sie kann ja nicht wissen, daß ich katholisch getauft wurde. Oder daß mir der Katholizismus damals beinahe angeboren war. Jedenfalls wurde mir der gesamte Katechismus quasi in die Wiege gelegt.

Soll ich ihm gestehen, daß ich mit Leib und Seele *Celtic*-Fan bin. Ob er den Wink mit dem Zaunpfahl versteht in diesen Gefilden? Wenn ja, was würde er antworten, wie würde er reagieren?

Für mich wirkte die blaue Gefängniskluft der brutalen Schweine, die mich fertigmachten, wie *Rangers*-Trikots.

Da fragt man sich, ob es je einen netten Menschen gegeben hat, dem die *Glasgow Rangers* am Herzen liegen. Jedenfalls habe ich noch keinen solchen Menschen kennengelernt. Weder auf meinen Schottlandreisen noch in irgendeinem deutschen Stadion, wo diese Spacken zu Gast waren.

Irgendwas im Gehirn. So eine Art Vernunftblockade. Neurale Verdauungsstörung. Nicht erklärbar. Gleiches Phänomen wie bei den Bayern-Säuen.

Ist der Pastor dementsprechend ebenfalls auf der falschen Seite?

Ich werde Fräulein Lenharts Frage wohl bejahen müssen.

Ob ich wolle, daß er bleibt.

Warum sollte ich wollen, daß er bleibt?

Hält er dann eine Predigt?

Solange ich meine Sauerstoffmaske aufhabe, kann ich ja kaum mit ihm ordentlich rumdiskutieren.

Sollte ich überhaupt mit ihm diskutieren, sofern Fräulein Lenhart in ihrer unendlichen Güte mir die Maske abnähme? Lohnte sich das denn?

Nie im Leben hälfe mir der Pastor. In seinen Augen wäre das glatter Mord.

Sie entfernt die Maske ohnehin nicht.

Ah, nun spricht gleich das Fräulein Lehrerin: sie erhebt den Zeigefinger vor meiner Nase.

Nicht sprechen, aber 'ja' und 'nein' sind erlaubt.

Nun belehrt sie den Pastor, daß er mir ausschließlich Ja-Nein-Fragen stellen solle.

Ich dürfe mich nicht zu sehr verausgaben.

Sie sieht es als selbstverständlich an, daß ich sein Bleiben dulde. Habe ich denn mit dem Kopf genickt? Das kann ich ja garnicht! Also war es sowieso eine verfluchte rhetorische Frage!

Sie ist es, die will, daß ich geistlichen Beistand konsultiere.

Ja, sie ist es!

Sie sorgt sich doch um mich!

Sie ist besorgt um mein spirituelles Wohlbefinden!

Vermutlich hat sie den Armen eigenmächtig kontaktiert. Eventuell ist er nicht der hausinterne evangelische Seelsorger.

Und tschüß! Sie geht raus mit ihren quitschenden Gummisohlen.

Klinke. Tür. Rums!

Wo steht er denn jetzt?

Hinter mir ertönt das "Hallo!"

Nicht "Grüß Gott!". Wenigstens was.

Ich kann ihn immer noch nicht sehen.

Seine Schuhe sind geräuschlos.

Schlägt mein Herz etwa schneller?

Der Puls wird in meinen Augen fühlbar. Sie drohen rauszuspringen wie die Kugel beim Flipper, wenn sie plötzlich aus einem Bonusloch ausgespuckt wird.

Er ist fett. Speckwangen. Wohlwollender Gesichtsausdruck. Auf den ersten Blick scheint er in Ordnung zu sein. Brille. Altmodisch. Metallrahmen.

Wie alt mag er sein? Mittfünfziger vielleicht?

Er lächelt mich an.

Winfried, nicht wahr? Michaela sagte es mir.

Erste Frage. Er weiß nicht, wie er es anstellen soll. Wie niedlich!

Ich bejahe. Mit einiger Anstrengung. Was er bemerkt.

Verzeihung, keine Fragen, entschuldigt er sich.

Er nennt eine sanfte Stimme sein Eigen.

Da scheint mal zufälligerweise der richtige Mensch in der für ihn geeigneten Position zu sein. An solche Dinge darf ich schlichtweg nicht denken. Das deprimiert noch mehr. Der richtige Mensch in der für ihn geeigneten Position. Wie sähe die Welt aus, wenn das überall der Fall wäre?

Winfried Welte, ein Bürger aus *Utopia*.

Wie schmerzhaft es doch ist, aus Platons Höhle emporzusteigen und vom richtigen Sonnenlicht geblendet zu werden!

Was ist das Licht wert, wenn man im Dunkeln glücklich und sich gar nicht gewahr darüber ist, daß man dort verweilt?

Abermals ein Paradoxon.

Walter heißt er, sagt er, der Pastor.

Mein Gott, Walter!

Unser Walter.

Spaß beiseite: Er ist ein guter Mensch.

Aber andererseits repräsentiert er diejenigen, die uns wie Champignons im Dunkeln halten und mit ihrem Mist, dem Aberglauben, füttern wollen.

Noch schweigt er.

Ist es ihm peinlich?

Schon möglich.

Man kann ihn schon bemitleiden: selbst für einen wohlwollenden Mensch gestaltet es sich äußerst schwierig, mit einer Person zu sprechen, die unter einem so schwerwiegenden Verdacht steht wie ich.

Und dann auch noch ohne Gerichtsverhandlung!

Daran muß ich mich stets erinnern.

Keine Gerichtsverhandlung!

So gut wie schuldig im Sinne der Anklage.

Und genau daran denkt Walter exakt in diesen Augenblicken.

In einem solchen Fall ist es unter keinen Umständen möglich zu vergeben. Nicht einmal für einen Heiligen wie er einer zu sein scheint.

Was konstituiert eine Sünde?

Oje!

Über dieses Stadium wähnte ich mich schon längst hinweg. Sofern ich mich richtig entsinne, muß es so ungefähr dreiundvierzig Jahre her sein, da ich "meinen" Glauben verlor. Warum eigentlich "mein" Glaube? Es war zu keinem Zeitpunkt je "mein" Glaube gewesen. Es ist und bleibt der Glaube anderer, die ihn mir damals entweder aus purer Dummheit oder aufgrund extremen Bildungsmangels aufzwangen.

Es fällt nicht schwer, dem noch leeren kindlichen Verstand irgendeinen Glauben aufzuzwingen. Nicht allein aus empiristischer Perspektive.

Sie meißelten ihren Glauben an ein höheres Wesen auf den noch unbearbeiteten Speckstein meines Verstandes.

Zugegebenermaßen faszinierten mich einige der Märchengeschichten aus dem Alten Testament.

Josephs Gutmütigkeit.

Wohl mein erstes Idol, bevor James Dean die Bühne betrat, der angeblich sagte – nachdem sein Vater (Raymond Massey) im Film

Jenseits von Eden von ihm verlangte, daß er aus der Bibel vorlese -: Fick' Gott ins Knie, und pinkle Jesus ins Hemd! Der Regisseur Elia Kazan wollte sich einfach nicht mit Raymond Masseys Darstellung eines Zornesausbruchs zufriedengeben, der seinen Grund darin haben sollte, daß der Filmsohn stur und gegen den ausdrücklichen väterlichen Wunsch die biblischen Verszahlen mitlas. Da Massey ein sehr gläubiger Mensch war, funktionierte Deans Blasphemie, und Kazan hatte schließlich den geforderten Wutanfall Masseys im Kasten.

Fick' Gott ins Knie.

Also sprach James Dean bei der Bibellesung.

Gott ist blöd.

Also fing ich vor dreiundvierzig Jahren an zu denken.

Ganz unvermittelt fing das an.

Ich konnte mich nicht dagegen wehren.

Plötzlich dachte ich die Worte "Gott ist blöd".

Die ganze Zeit über, wann immer diese Worte meine Gedanken quasi überfielen, schiß ich mir beinahe in die Hose aus Sorge, daß ich diese Worte tatsächlich ernstmeinte. Bedeutete es, daß man Worte ernstmeinte, allein schon, wenn man sie dachte?

Beging ich bereits eine Sünde, wenn ich diese Worte dachte?

Mußte wohl so sein.

Meine Schlußfolgerung damals ähnelte sicherlich etwas dem ontologischen Gottesbeweis. Weil es den Begriff von Gott gibt, also praktisch den Gedanken an ein allmächtiges, allwissendes, allgegenwärtiges Wesen, folgt automatisch, daß eben ein solches Wesen existiert. Analog dazu war meine Schlußfolgerung, daß ich allein durch mein Denken der Worte "Gott ist blöd" diese auch in der Tat automatisch ernstmeinte und deshalb dadurch auch beinahe eine Todsünde beging.

Andererseits: wenn Gott mir erlaubte, einfach so diese Worte zu denken, aus dem Nichts eben, gab es ihn dann überhaupt in Wirklichkeit?

Es dauerte dann noch so ungefähr ein weiteres Jahr, bis ich mich komplett von "meinem" Glauben befreite.

Aber er ist immer noch irgendwie da.

Nicht der Glaube, sondern die frühe Verstandesprägung durch den Religionsunterricht beziehungsweise eher durch die Unterdrückung von seiten der Religion.

So ist es denn auch zu erklären, daß ich *Celtic*-Fan bin, nehme ich mal an.

Walter nennt eine sanfte Stimme sein Eigen.

Monoton.

Durchaus denkbar, daß ich einnicke, während ich ihm zuhöre oder eher nicht zuhöre.

Ich höre auf seine Stimme. Allerdings höre ich nicht auf das, was er sagt.

Reue.

Ob ich Reue darüber empfinde, was ich getan habe.

Schlitzohr!

Eine Ja-Nein-Frage.

Egal wie ich antworte: Ich gäbe damit meine Schuld zu.

Wie kann ich reumütig sein, wenn ich nichts Schlechtes gemacht habe?

Ich bereue meine Dummheit, meine Naivität.

Er fragt nochmal.

Und nochmal.

Ich kann einfach nicht antworten.

Er zwingt mich dazu, ihn zu ignorieren.

Schließlich streicht er die Segel.

Sagt Wiedersehen.

Verläßt das Zimmer, ohne die Tür zuzuschlagen.

Meine schwitzende Stirn heißt den Luftzug willkommen.

Jetzt bin ich mal gespannt, wie sie reagiert.

Mein geschätztes Fräulein Lenhart.

Horcht sie ihn aus? Fragt ihn, was ich gestanden habe?

Er versichert ihr wohl, daß ich ein hoffnungsloser Fall sei.

Ein sturer Bock.

Stürmt sie gleich ins Zimmer, um mich zusammenzustauchen sowie mir vorzuwerfen, daß ich hier gerade eine großartige Gelegenheit ausließ, indem ich den Heiligen Mann ignorierte.

Ich warte.

Wahrscheinlich kommt sie gleich herein.

Ich warte.

Wäre nicht schlecht, wenn ich Sicht auf eine Uhr hätte.

Nicht im Traum käme sie darauf, mich zu fragen, ob ich Lust auf Radiohören, geschweige denn Fernsehen hätte.

Zu Letzterem bedürfte es einer Spezialkonstruktion, so daß ich in der Lage wäre, den Bildschirm vollständig zu sehen.

So sadistisch wie sie ist, schaltete sie sicherlich auf ein Programm, das ich hasse. So ähnlich wie im Film *Das Schweigen der Lämmer*. Sündenbuße durch den Gotteskanal auf voller Lautstärke.

Was sonst könnte sich Fräulein Lenhart für mich aussuchen?

Was würde meinen Verstand jetzt noch vollends abtöten?

Dschungelcamp!

Es liefe aufs *Dschungelcamp* hinaus. Definitiv! Ich stürbe einen langsamen, qualvollen Tod. Mein Verstand löste sich da ganz schleichend auf beim Anblick dieser geistigen Tiefflieger, wie sie durch Prahlerei über ihre Wohlstandsneurosen einander ausstechen wollen.

Spitzenreiter meiner Hitparade der fürchterlichsten Fernsehsendungen – *Dschungelcamp*. Eher Höllencamp.

Der Zeitgeist eben.

Die Leute werden proportional zum Fortschreiten der Zeit dümmer.

Womöglich werde ich von der Verzweiflung umgebracht.

Verzweiflung über das Elend, in dem sich meine Mitmenschen geradezu suhlen.

Schale Dorfdeppen.

Ob Fräulein Lenhart das *Dschungelcamp* mag? Ob sie bei Feierabend sofort nach Hause eilt, um sich über das Neueste von dort "schlau" zu machen?

Eher unvorstellbar.

Obgleich ich sie gewissermaßen hasse oder weil ich sie vielleicht doch liebe, schätze ich sie nicht als *Dschungelcamp*-süchtig ein.

Sie scheint sich auf einem höheren Bildungsniveau zu bewegen.

Oder etwa nicht?

Was behauptete ich vorhin noch?

Es ist ihr Glaube.

Bin ich denn schon dement?

Ich glaube, ich werde verrückt!

Nicht so wie die im *Dschungelcamp*.

Selbst wenn man gebildet ist, kann es sein, daß man das *Dschungelcamp* mag.

Und die Analogie dazu?

Selbst wenn man gebildet ist, kann es sein, daß man an ein "Höheres Wesen" glaubt.

Was war das nochmal, was ich vorhin dachte?

Entweder Bildungsmangel oder reine Dummheit.

Wie kann man gleichzeitig gut gebildet und dumm sein?

Tja!

Zahlreiche Beispiele.

Politik.

Christlich-demokratische beziehungsweise "soziale" Union.

Die Bundesbirne. Promoviert (obwohl die Doktorarbeit geschickterweise verscholl) und Parteivorsitzender. Er war wohl das unerreichte, absolute Sinnbild eines menschlichen Wesens, das gleichzeitig einen sehr hohen Bildungsstand nachweisen konnte und dennoch eben dumm war wie Bohnenstroh.

Also: Fräulein Lenhart fällt unter dieselbe Kategorie.

Gottesfürchtig, aber trotzdem ordentlich gebildet.

Die Frage bleibt, ob sie für vernünftige Argumentation zugänglich ist.

Was könnte sie sonst noch mögen?

Was ist ihre Lieblingsbeschäftigung während ihrer Freizeit?

Das Fitness-Studio kann es ja wohl nicht sein.

Sie ist zu fett. Klebt zu sehr am Freßnapf.

Ah ja!

Kochen!

Eine Hobbyköchin. Nudelgerichte. Penne. Tortellini. Farfalle. Spaghetti. Macaroni.

Scheibenkleister!

An mehr erinnere ich mich nicht.

Ich verschwende meine Zeit mit nutzlosen Gedanken. Ich muß sie wieder in günstigere Bahnen lenken.

Die Lieben meines Lebens.

Die Sehnsüchte meines Lebens.

Die unerfüllten Wünsche meines Lebens.

Das Bedauern. Oder sogar Bereuen.

Walter, mein Pastor, ich bereue!

Die einzige Sünde meines Lebens, für die ich wahre Reue empfinde, ist mein Mangel an Initiative. Nie vermochte ich, meine Chancen zu nutzen. Leben passierte einfach und passierte mich sprichwörtlich. Die anderen sollten meiner Ansicht nach die Initiative ergreifen, was sie selbstverständlich nie taten!

Wann war das nochmal?

Vielleicht zweiundachtzig?

Trampermonatsticket *Deutsche Bahn.*

Meinen Kumpels sei Dank, daß wir Bekanntschaften schlossen.

Wenn es nach mir gegangen wäre – nichts! Ich hätte nicht im mindesten die Schnitte gehabt, das Maul aufzumachen.

Drei Jungen. Drei Mädchen. Ein Zugabteil. Ein Zielbahnhof. Drei Traumpaare, hätte man meinen können.

Unerwarteterweise war "Meine" die Hübscheste der Drei.

Und ich kann mich noch nichtmal an ihren Namen erinnern! Ich sollte mir also einen passenden Namen für sie ausdenken. Ah ja, da fällt mir doch glatt einer ein!

Jasmin!

So hieß sie definitiv nicht, aber es ist trotzdem der ideale Name für ein Mädchen wie sie, das der Vollkommenheit so nahekommt. Sie war ausgesprochen vollkommen von Kopf bis Fuß, weshalb ich es vermutlich keinesfalls riskieren wollte, sie richtig anzubaggern.

Jasmin, das moderne Beatnik-Mädchen!

Langes, blondes Haar. Weder Locken noch Wellen.

Braune Augen.

Sommersprossige Nase.

Wohlproportionierte Lippen.

Brüste wie Grapefruits. Vielleicht ein wenig kleiner.

Und jedesmal, wenn der Schaffner die Abteiltür aufschob, schmuggelte sie Himbeeren.

Ich meinerseits trug so halbenge Bundeswehr-Kampfhosen, und wäre ich bei jenen Gelegenheiten aufgestanden, hätte ich mich gewissermaßen bei ihr revanchiert, da ich eine Banane schmuggelte, die sich deutlich im Olivgrün des Baumwollstoffes abzeichnete.

Arnheim. Da wollten wir hin. Der Grenzort.

Hin und weg war ich von Jasmin. Sie hatte mich sowohl verzaubert als auch verhext sozusagen.

Da latschten wir diese unbekannten Straßen von Arnheim entlang und quatschten, quatschten, quatschten. Schwer beladen mit unseren Rucksäcken. Seinerzeit waren das richtig schwere Dinger mit Metallrahmen. Wie ich dieses Teil haßte! Das Chaos darin etwa! Immer wenn man versuchte, da ein bißchen Ordnung reinzubringen oder man gar dachte, das geschafft zu haben, wurde man jeweils jäh enttäuscht, als man den Sack dann beim nächsten Mal aufmachte, um feststellen zu müssen, daß sich ausgerechnet das, was man brauchte, ganz unten befand.

Gute Güte: was für eine Erleichterung ein paar Jahre später, als ich dieses Scheißding zum Sperrmüll gab! Verbunden mit dem Schwur, daß ich niemals mehr in meinem Leben eine weitere Nacht in einem Zelt oder einer Jugendherberge verbrächte!

Allerdings machte sich der Rucksack auf Jasmins Schultern zugegebenermaßen extrem sexy.

Und da kam noch was dazu. Sie führte so eine Art Handtasche mit sich. Mit langem Umhängeriemen. Der Riemen! Die Trennlinie zwischen ihren Brüsten. Der Umhängeriemen ihrer Handtasche betonte ihre Brüste. Und jeden einzelnen Tatbestand der Himbeerschmuggelei sozusagen.

Ich schaute kaum auf den Weg, sondern nur sie an, während ich unentwegt auf sie einredete.

Und dann passierte es.

Die Geste.

Die Geste, die dafür verantwortlich zeichnete, daß ich mich komplett unsterblich in sie verliebte.

Wir mußten eine Straße überqueren, und ich paßte nicht auf. Guckte weder links noch rechts. Einzig in ihre Augen sowie auf ihre Brüste. Die sommersprossige Nase. Ihre Niedlichkeit.

Und dann berührte sie mich am Arm, um mich zurückzuhalten.

Hätte sie das nicht getan, wäre ich jetzt nicht hier. Dieser Lieferwagen hätte mich plattgedrückt wie eine Briefmarke.

Fünf Minuten später sollte ich mir indes wünschen, daß Jasmin mich doch bloß nicht zurückgehalten hätte, oder, genauer gesagt, daß jener Augenblick, in welchem sie meinen Arm berührte, ewig hätte andauern müssen, denn das war er, dieser eine Nu, wenn man wirklich glücklich ist, der eine ultrakurze Moment, nach dem sich jedes bewußte Wesen sehnt. Manche Menschen erfahren niemals einen solchen Augenblick. Andere jedoch beinahe die ganze Zeit. Habe ich demnach Glück gehabt oder nicht? Damit, daß ich das Ganze für etwa eine dreiviertel Sekunde fühlte? Was genau dachte ich wohl exakt in dieser dreiviertel Sekunde?

Standbilder eines Films, der mein zukünftiges Leben mit Jasmin zeigte. Ich stellte sie mir in einem jener Gewänder vor, die die Mädchen in Woodstock trugen. Wir teilten uns einen Joint in irgend so einem dunklen, verrauchten Winkel. Benommenheit hervorgerufen durch moderaten Drogenkonsum. Durchaus vergleichbar mit jetzt. Angenehm betäubt. Neben Jasmin, die in dieser Vorstellung zu mir herüberrückte, um auf meinem Schoß zu sitzen. Ohne Höschen, versteht sich, aber mit ihrem spitzengewirkten Gewand, das unsere beiden Körper vollständig bedeckte. Ihre Arme lose um meinen Hals geschlungen. Langsam ihre Lider schließend, als ob sie einen beglückenden Tagtraum hätte. Ihren Kopf zurücklehnend, als ob sie dem Himmel dafür dankte, welches schöne Erlebnis sie im nächsten Moment gleich haben würde.

Welch ein Traum!

Ein Leben wie dieses mit Jasmin. Jeden einzelnen Tag, jede einzelne Minute, Sekunde für den Rest meines Lebens.

Ein langes und erfülltes Leben für die Dauer einer dreiviertel Sekunde.

Sanft zog sie ihre Hand zurück, die gerade noch verhindert hatte, daß ich unter die Räder jenes Lieferwagens geriet. Geradezu besorgt blickte sie mich an.

Da gab es doch tatsächlich jemanden, der sich um mich sorgte. Und das gerademal zwei, drei Minuten lang.

Die drei Mädels wollten sich in Arnheim mit Freunden treffen.

Freunde!

Wenn sie es uns doch nur zuvor gestanden hätten - "ihre" Freunde, nicht nur irgendwelche Freunde! Drecks-Possessivpronomen! In keinem anderen Fall richtet es größeren psychischen Schaden an.

Es fällt mir äußerst schwer, in Worte zu packen, wie ich mich fühlte, als ich Jasmin diesen langhaarigen, unrasierten Halbwilden umarmen und küssen sah – Zungen involviert.

Instinktmäßige Antipathie einer Person gegenüber, die man nie und nimmer mit einem solch himmlischen Geschöpf in Verbindung gebracht hätte.

Der Urlaub war damit komplett erledigt.

Wie Zeitlupe, die dann plötzlich ganz stehenbleibt. Auf einem Bildschirm, der Minuten zuvor noch die Liebesgeschichte schlechthin abspielte.

Ich bin mir nicht ganz sicher, ob meine Kumpels nicht Ähnliches durchmachten. Sie hatten wohl jedenfalls beide versucht, etwas Physisches zu ihren Angebeteten aufzubauen. Verständlicherweise war ich durch Jasmin zu sehr abgelenkt, um Genaueres mitzubekommen. Aber es schien mir bei allem doch so, als ob die zwei Mädels durchaus Interesse zeigten. Keine Spur von Abweisung zumindest. Für einen Außenstehenden muß es eher wie wohlwollende Neckereien gewirkt haben. Oder verarschten die beiden meine Kumpels etwa nur? Gut möglich!

Frauen!

Die grausamsten Wesen, die man sich überhaupt vorstellen kann!

Kurz und gut - dieselbe Leier: zwei weitere Gspusis, die da zusammen mit Jasmins Hippie auf der Lauer lagen.

Wir drei waren da selbstverständlich und umgehend abgeschrieben.

Uns selbst überlassen – sozusagen.

Ich verdaute das am Schlechtesten.

Urlaubsgefühl? Welches Urlaubsgefühl? Eben!

Filmriß in Folge dieser Katastrophe sowie eines deshalb notwendigen Besäufnisses in Köln. Ich im Schlepptau meiner Kumpels. Im Tran. "Verschmähter Liebe Pein", wie der gute Goethe es ausdrückte.

Das muß ich Fräulein Lenhart erzählen.

Das wird sie verstehen. Müssen.

Mein bemitleidenswertes Dasein.

Zurückweisung.

Ablehnung.

Niemals Anerkennung.

Auch keinerlei Beipflichten.

Seelische Unterdrückung.

Selbst wenn ich schuldig im Sinne der Anklage wäre, könnte man es auf psychologischer Ebene erklären. Jeder Psychiater stimmte dem wohl zu. Sowieso der aus dem Film *Extrablatt* beispielsweise.

Habe ich jemals unter der Schulbank onaniert?

Nein!

Hätte ich aber liebend gerne getan, während die Musiklehrerin in Klasse Elf uns etwas auf ihrem Cello vorspielte. Da pflegte ich darüber zu phantasieren, wie sie – natürlich in total unbekleidetem Zustand - allein für mich ein Konzert gab. Ihr vom Wirbel der körperlich ausgedrückten Emotionen zerzaustes langes Haar, wie es in idiosynkratischen Zuckungen um das Instrument wehte. Zu den ersten paar Takten von Elgars Cellokonzert.

Hatte ich jemals das Bedürfnis, mit meiner Mutter zu schlafen?

Nein!

In sexueller Hinsicht war sie meiner Meinung nach nie attraktiv gewesen. Zugegeben: einige meiner Freunde hatten Mütter, mit denen ich wohl liebend gerne Verkehr gehabt hätte, aber sicherlich nicht mit meiner eigenen Mutter! Manche Leute bestärkten sie wieder und wieder in ihrem Narzismus, indem sie ihre angebliche Hübschheit lobten – vor allem betagtere Lustmolche. Da verdrehte der Sohn eben immer die Augen.

Womöglich gründet die Erklärung tiefer.

Schließlich scheine ich nicht normal zu sein, da ich niemals das Bedürfnis verspürte, mit meiner Mutter zu schlafen.

Stellt das überhaupt ein natürliches Bedürfnis dar?

Tja, und dann kommen wir zur dritten Frage jenes Seelenklempners im Film:

Hatte ich jemals das Bedürfnis, meinen Vater umzubringen?

Ja!

Zwei von drei Richtigen.

Ich scheine also mehr oder weniger normal zu sein.

Moment mal!

Habe ich die Frage eigentlich richtig verstanden?

Das Bedürfnis, meinen Vater umzubringen.

Ihn umzubringen.

Nein, nicht wirklich!

Aber ich wünschte mir seinen Tod mehr als nur einmal herbei.

Das Gefühl der Erleichterung, als er endlich abnippelte.

Erleichterung.

Aufatmen.

Befreiung.

Gedankenfreiheit.

Er hatte mich nie ernstgenommen.

Meine Meinung zählte weniger als nichts.

Er wußte alles besser.

Echt alles.

Auch das allerletzte Kinkerlitzchen.

Alle außer ihm waren Arschlöcher.

Zum Beispiel Nachrichtenschauen, während er sein Abendbrot hinunterwürgte.

Ach, was labert dieser Idiot wieder!

Und der Depp erstmal!

Dann kommt auch noch diese geschupfte Krampfhenne daher!

Und so weiter, und so fort.

Nichts konnte man ihm rechtmachen.

Allein er hatte die Weisheit mit Löffeln gefressen.

Anderes Beispiel: Ich komme von der Schule mit einer Eins minus in Mathe nach Hause; und er: Was ist da denn schiefgelaufen? Warum keine glatte Eins?

Uni.

Dasselbe in grün.

Cum laude.

Ach, und warum nicht wenigstens summa cum laude?

Nie zufrieden.

Geschweige denn glücklich.

Beging dadurch seelischen Totschlag an meiner Mutter.

Aus diesem Grund hätte ich ihn physisch totschlagen können.

Siehe da! Da haben wir's: Ich hätte ihn totschlagen können.

Damit kämen wir wieder zum Ergebnis: zwei von drei, Professor Freud! Ich bin zu sechsundsechzig Komma sechs, sechs Prozent normal.

Aber was wiederum soll man von einer Normalität halten, die von einem fordert, sich unter der Schulbank einen runterzuholen sowie seinen Vater abmurksen zu wollen?

Dreckspsychologen! Eher Pissologen! Pseudo-Wissenschaftler!

Etwas passiert zweimal und schon ist es Naturgesetz.

Was soll überhaupt der Unterschied sein zwischen klinischer und Alltagspsychologie?

Wenn man sowohl eine durchschnittliche Beobachtungsgabe verbunden mit einer dadurch entwickelten Menschenkenntnis besitzt, kann man durchaus einen Verrückten von einem Normalen unterscheiden.

Für eine ordentliche medizinische Behandlung schickt man einen pathologisch Verrückten zum Psychiater. Warum benötigt man dann überhaupt noch Psychologen?

Damit man mit einer unparteiischen Person reden kann?

Damit man seine Alltagsproblemchen auf einer seelischen Müllhalde loswerden kann?

Was es doch für Weicheier in dieser Gesellschaft gibt!

Bin ich etwa auch eins davon?

Wird Michaela Lenhart zu meiner seelischen Müllhalde?

Mit Sicherheit nicht!

Ich brauche sie.

Ich brauche ihre Hilfe.

Sie muß das Ganze für mich zu Ende bringen.

Sie kann einzig von dieser Notwendigkeit überzeugt werden, wenn ich ihr meine Lebensgeschichte erzähle.

Kein Bedauern.

Keine Reue.

Was zurückbleibt, ist ein Scherbenhaufen aus Bitterkeit über alles und jeden.

Insbesondere über die weibliche Hälfte.

Die Nächste!

Also diejenige nach Jasmin, obgleich keine je an sie rankam – ranglistenmäßig.

Meine Jasmin!

Also: wer war dann nochmal ihre Nachfolgerin?

Ach ja, selbstverständlich!

Wie konnte ich das überhaupt vergessen?

Andrea, das Wohnwagen-Mädchen.

Wenn ich's mir recht überlege, hatte sie äußerlich eine sehr große Ähnlichkeit mit Jasmin. Vielleicht war das der Grund, warum ich dachte, daß ich mich in sie verliebt hätte.

Eine Art Auswechselspielerin.

Ihr Haar war allerdings etwas kürzer. Und sie selbst etwas kleiner als Jasmin, wenn ich mich richtig entsinne.

Darüber habe ich mich schon immer gewundert.

Wie ich mich an die Körpergröße von bestimmten Leuten erinnere.

In meinem Gedächtnis sind manche größer als ich, manche kleiner. Die meisten aber, wenn ich ehrlich bin, größer.

Heh, Professor Freud! Anylysieren Sie das gefälligst auch noch!

Was sagt das über Ihren Patienten Winfried Welte aus, wenn in seiner Erinnerung vor allem männliche Personen größer sind als er?

Genau! Minderwertigkeitskomplex!

Der Hasenfuß, der, sofern möglich, jeglichen Wettbewerb meidet.

Ein Kampf gegen die Natur.

Ein Kampf gegen Windmühlen.

O nein!

Ein Scheiß-Schweißtropfen rinnt gerade die Kotelette runter voll ins Ohr rein!

Fräulein Lenhart!

Bitte!

Abwischen!

Meinen Körperschweiß vermag ich zu riechen, aber ich fühle ihn nicht.

Frisches Bettzeug, das sich mit Schweiß durchfeuchtet.

Kein schlechter Duft bislang.

Könnte allerdings noch besser sein, denn das Krankenhaus ist Kunde bei dieser Groß-wäscherei, die hochgradig chemisches Indu-strie-Waschmittel verwendet. Keinerlei Weich-spüler mit Lavendel-, Oleander- oder gar Jas-minduft.

Also nochmal: Andrea, das Wohnwagen-Mädchen.

Campingplatz dementsprechend.

Unsere Eltern lernten sich dort kennen und folgerichtig wir uns auch.

Wenn es in jenem Jahr nach mir gegangen wäre, hätte ich Andrea nie kennengelernt. Mei-ne Eltern mußten mich in den Herbstferien ge-radezu dorthin schleppen. Sie trauten mir ein-fach nicht zu, daß ich auf das Haus aufpassen könne. Sie befürchteten, daß ich Parties schmeißen würde. Angsthasen.

War schon eine Hexengeburt gewesen, sie zu überreden, mir das *Tramper-Monatsticket* der Bahn in den Sommerferien zu erlauben.

Und dann eben Herbstferien auf diesem Spießer-Campingplatz am Arsch der Welt.

Andrea und ich – Leidensgenossen. Wir wä-ren beide lieber zuhause geblieben.

Keine Chance, sie im Bikini zu sehen. War schon zu kalt, und das Schwimmbecken hatten sie sowieso schon längst abgelassen.

Ein ausgetrocknetes Schwimmbecken.

Gespenstisch.

Ist ohnehin nie mein Ding gewesen: Wasser und Schwimmbecken.

Meine Ur-Angst.

Eingesperrt im Hallenbad am Beckenrand.

Verzerrter Mondschein durchs wellige Fensterglas, der sich auf der völlig ebenen Wasseroberfläche spiegelt.

Jemand wirft mich ins Wasser.

Krampfhaft versuche ich zu schwimmen.

Es will mir einfach nicht gelingen.

In Panik strample ich mir einen ab wie ein Käfer, der rücklings auf seinem Panzer liegt.

Ich gehe unter.

Ich ertrinke.

Ich erwache.

Daß das Schwimmbecken des Campingplatzes leer war, wirkte sogar noch gespenstischer.

Als sich unsere Eltern abends auf ein paar Drinks verabredet hatten, gaben Andrea und ich uns sozusagen ein Stelldichein am abgelassenen Becken.

Da saßen wir dann auf der Treppe am niedrigen Ende. Je dunkler es wurde, desto gespenstischer fühlte es sich an. Ganz besonders bedrohlich wirkte das tiefe Ende des Beckens im Dunkeln. Ohne Wasser verspürte man von dort so etwas wie eine magnetische Anziehungskraft ausgehen; vielleicht sogar eher eine Art Saugkraft, die sich für mich mehr und mehr ins Unbehagliche steigerte, während ich neben dem Mädchen saß, in das ich mich zu verliebt haben glaubte.

Bange Ängstlichkeit.

Wie auch sollte es mir möglich sein, sie anzubaggern mit dieser stets präsenten unsichtbaren bösen Energie?

Ich meine wohl, daß sie mich nicht abgewiesen hätte. Die Signale schienen mehr als offensichtlich. Aber warum ergriff dann nicht sie die Initiative? Warum um alles in der Welt muß das Ganze immer von mir ausgehen?

Wieder mal die Tür.

Und jetzt ist es nicht Fräulein Lenhart.

Eher ein Gewirr von Schritten. Mehrere Personen.

Warum das denn?

Die Visite ist längst rum.

Was ist los?

Daß ich hier liege, ist denen wohl scheißegal.

Irgendwas treiben die da in der gegenüberliegenden Ecke.

Geflüster.

Hie und da eine erhobene Stimme, aber ich kann trotzdem nicht verstehen, was sie sagen.

Wie lange dauert das denn nun? Was machen die da überhaupt?

Die installieren was. Hört sich beinahe an wie Klempner.

Und was ist das jetzt?

Gestöhne.

Erst leise.

Aber es wird lauter und lauter.

Da scheint es jemandem nicht gerade gutzugehen.

Aber hallo! Krieg' ich etwa 'nen Zellengenossen?

Hört sich ganz so an!

Kombiniere messerscharf: das Geräusch, das ich neben dem Schrittegewirr gehört hatte, waren die Rollen eines Krankenbetts!

Sie wagen es tatsächlich, jemanden zu mir aufs Zimmer zu legen.

Wahrscheinlich meinen sie, damit kostbaren Raum zu nutzen. Viel zu wenige Krankenbetten. Einzelzimmer für mich. Geht gar nicht: ein elender Knastie mit einem Zimmer ganz für sich allein! Was für eine Verschwendung!

Selbstverständlich können die das tun.

Aber was ist mit dem armen stöhnenden Tropf da drüben?

Will der wirklich mit mir auf einem Zimmer sein?

Und seine Verwandten? Die müßten sich doch allemal beschweren.

Nein!

Natürlich!

Warum habe ich nicht sofort drangedacht?

Ein Knastie-Kollege!

Warum eigentlich "Kollege"?

Habe ich mich jetzt schon selbst verurteilt?

Ich bin kein Verbrecher!

Ich habe nichts Schlechtes ausgefressen! Es mag so wirken. Die Öffentlichkeit ist gezwungen, es als schlecht zu empfinden.

Aber ich bin doch kein Verbrecher!

Und was machen die?

Sie legen mir einen von denen, die mich angegriffen, verprügelt und verstümmelt haben, aufs Zimmer!

Sollte ich mich denn jetzt beschweren?

Sie hören mir ja sowieso nicht zu.

Nie hören sie zu.

Obwohl: Fräulein Lenhart scheint ein bißchen zugänglicher geworden zu sein.

Was soll ich denn nur machen? So tun, als ob ich Hannibal Lecter wäre? Wie stellte er das denn an? Wie bringt man jemanden dazu, seine Zunge zu schlucken? Eine der nicht gerade wenigen Drehbuchpannen im Film. Kein Wunder, daß es dafür den *Oscar* gab.

Wie bringe ich meinen frischgebackenen Kumpel hier dazu, seine Zunge zu schlucken? Erstmal sollte ich herausfinden, was er verbrochen hat.

Schwierig. Alle sind wir unschuldig von Natur aus. Die eine Wahrheit, welche uns Gefängnisfilme lehren. Frag' irgendeinen Insassen, und er beteuert dir seine Unschuld!

Dementsprechend werde ich ihn fragen müssen, wessen er bezichtigt wurde. Klingt neutraler.

Wenn er doch nur mit diesem fürchterlichen Gestöhne aufhörte! Das wurde ja nun schrittweise lauter. Andererseits scheinen sie offenbar ihr Bestes zu geben, um es ihm bequemer, schmerzloser zu machen.

Welte!

Was ist denn jetzt los?

Welte! Du Arschloch!

Der Stöhner brüllt meinen Namen in ihrer Gegenwart raus.

Sie versuchen ihn zu beruhigen.

Psssst!!!

Bitte regen Sie sich nicht auf, Herr Grothe! Das tut Ihnen überhaupt nicht gut!

Grothe?

Grothe?

Welte! Mach' dich auf was gefaßt, Mann! Scheiße! Kannst von Glück reden, daß ich nicht hochkomme! Sonst würde ich das zu Ende bringen, wozu diese Deppen zu blöd waren!

Herr Grothe, bitte beruhigen Sie sich! Sie wissen doch, daß dies das einzige freie Zimmer ist momentan. Wir verlegen Sie sobald wie möglich. Vielleicht ist es ja sogar nur für ein paar Stunden. Ruhen Sie sich bis dahin doch bitte etwas aus!

Solch sanfte Worte sind sowieso zwecklos.

Welte, du Drecksau! Du gehst mir nicht durch die Lappen! Hast du verstanden, du perverses Schwein?

Still jetzt, Herr Grothe! Ihr Zimmernachbar kann nicht sprechen. Er wird beatmet. So beruhigen Sie sich doch bitte!

Ich beruhige mich, wenn ich will, blöde Kuh! Gut, er kann nicht sprechen: dann rede ich halt! Gehe ihm auf die Nerven. Mach' ihm das Leben zur Hölle. Kannst ja auch nicht die Beine in die Hand nehmen, Welte, oder was? Was treibst du denn so, du Hurensohn?

Schieben wir ihn besser wieder raus auf den Flur, sagt sie.

Ihr langt's.

Ein metallischer Klick.

Und noch einer.

Und nochmal zwei kurz aufeinander.

Vier Bettbremsen.

Schieben die ihn jetzt echt wieder raus?

Was soll das, ihr Flitzpiepen? Laßt mich gefälligst hier drin! Laßt mich bei dem Schwein hier! Dem geb ich's! Wollt ihr das denn etwa nicht auch? Wollt ihr's ihm denn bequem machen? Heh, ihr Kanaillen, laßt mich hier bei ihm!

Er flucht gegen eine Wand.

Kein Wort von den Beschimpften.

Kein Mucks.

Wenigstens diesmal scheine ich Glück zu haben, und man ist auf meiner Seite.

Endlich hilft auch mir mal die politische Korrektheit!

Er hat sie beleidigt.

Verbale Körperverletzung.

Und dafür bestrafen sie ihn jetzt.

Mit der Verbannung auf den Flur.

Und hoffentlich dann gleich weiter in die Totenkammer.

Oder zumindest so nahe dran wie möglich, damit er den muffigen Gestank abkriegt.

Er war ziemlich außer sich.

Grothe?

Grothe!

Beates Mädchenname ist Kastenbein, der Name, den sie nach der Scheidung wieder annahm. Verheiratete Grothe, genau!

Charlottes Vater!

Wie um Himmels Willen können die mir Charlottes Vater aufs Zimmer legen?

Was haben die sich dabei nur gedacht?

Budgetkürzungen: gequirlte Schifferscheiße!

Es mangelt ganz offensichtlich an Kapazitäten.

Ein Alptraum, wenn sie ihn auch nur eine Minute länger hiergelassen hätten.

Und wieder die Tür!

Zack!

Fräulein Lenhart.

Mist!

Da bin ich wohl wieder eingenickt!

Kein Grothe.

Nichts!

Muß es geträumt haben.

Was ist der Traum, der gegenwärtige Alptraum, und was ist Wirklichkeit?

Na gut.

Das hier muß die Wirklichkeit sein.

Hat sie sich etwa eingesprüht? Kein süßlicher Schweißgeruch wie sonst. Eine Art Seife?

Ach so!

Das Handdesinfektionsmittel.

Und was ist das?

Ein Erfrischungstuch auf meiner Stirn.

Nicht mehr lange, sagt sie.

Noch zwei Stunden, dann haben Sie das Wort.

Probieren wir's ein bißchen länger heute!

Sagen wir zwei Stunden in zwei Stunden?

Zuckersüß.

Worauf ist sie aus?

Was sind ihre wahren Absichten?

Ist sie neugierig?

Sie möchte mir wirklich zuhören und alles erfahren.

Das sollte ich ausnutzen.

Wieder und wieder und immer wieder.

Was war das nochmal, woran ich zuletzt dachte?

Jasmin?

Nein!

Ihre Nachfolgerin.

Das Wohnwagenmädchen.

Habe ich diesen Gedanken zu Ende gedacht?

Gibt es überhaupt irgendeinen Gedanken, den man vollständig zu Ende denken kann? Ich sollte das jetzt eigentlich wissen. Meine Gedanken werden nie vervollständigt sein bis zum bitteren Ende. Ich vermag meine Gedanken einfach nicht zu vervollständigen. Sie sind wie ein steter Strom. Könnte ich sie niederschreiben, würde ich es ganz deutlich erkennen. Ein Strom flatterhafter Gedanken vermischt mit Halbschlafphantasiererreien und Alpträumen.

Was heißt Halbschlafphantasiererei?

Was heißt Alptraum?

Was heißt Gedanke?

Ich denke, also bin ich.

Descartes.

Cogito ergo sum.

Wie hat man 'ergo' zu übersetzen?

Ist es ein richtiges 'deshalb'?

Handelt es sich um eine logische Schlußfolgerung?

Das habe ich nie verstanden und werd's auch nicht.

Der Beweis für meine Existenz ist die Tatsache, daß ich denke? So habe ich es immer verstanden, und es klingt ganz plausibel.

Und wie sehr wünschte ich jetzt doch nur, nicht zu denken!

Im Koma zu sein, wäre erstrebenswert.

Existierte ich noch, wenn ich mich im Koma befände?

Was heißt Koma?

Vollständiger Stillstand so gut wie sämtlicher Hirnwellen.

Stattdessen frischt sie meine momentanen Hirnwellen auf. Jetzt mit einem Tüchlein. Befeuchtet. Mit Duftstoff. Welcher Duft? Nimmt sie gar feuchtes Klopapier, um mir das Vordergesicht abzuwischen? Wink mit dem Zaunpfahl? Na, jedenfalls scheint sie es glücklicherweise noch nicht vorher benutzt zu haben.

Wirklich erfrischend!

Möchte ich das denn? Will ich nicht schlafen?

Tiefschlaf, keine Träume, keine REM-Halbschlafphantastereien.

Sanftes Geflüster ihrerseits.

Ist sie krank geworden?

Sie spricht zu mir wie mit einem behinderten, dementen alten Mann im Rollstuhl am verschmierten Fenster eines nach eingetrocknetem Urin stinkenden Seniorenheims.

Süß, gewissermaßen. Bin ich in ihrem Ansehen zu einer liebenswerten Person aufgestiegen?

Genau das hat mich schon immer fasziniert.

Warum sage ich eigentlich "schon immer"?

Das ist nämlich nur ein-, zwei-, maximal dreimal in meinem Leben passiert – plötzliche Liebenswertheit.

Fünfte Klasse, Gymnasium.

Deutschstunde.

Aufsatzrückgabe.

Nicht der allererste Aufsatz im Schuljahr. Nein, erst beim zweiten bemerkte er beziehungsweise meinte er, mit seinem komplett willkürlichen Urteilsvermögen bemerkt zu haben, daß in diesem Fall Talent vorhanden sein könnte. Euphorisch las er das Ding der Klasse laut vor. Echt peinlich! Wie ich wohl zu der zweifelhaften Ehre kam?

Ich habe nie kapiert, wie das funktioniert.

Wie ein Blitz aus heiterem Himmel.

Und selbstverständlich wünscht man sich möglichst häufige Wiederholungen der Entdeckung angeblicher Talente oder Fähigkeiten, welche die eigene Liebenswertheit bei angesehenen Mitmenschen steigern.

Das Bedürfnis, anderen zu gefallen.

Das Bedürfnis, entdeckt zu werden.

Nicht umsonst werden wir dieser Tage von den Gossenmedien mit Talentwettbewerben überflutet.

Jeder junge Hinz und Kunz meint, was zu können und möchte irgendwelchen bescheuerten wichtigtuerischen Pseudo-Experten auf- und gefallen.

Ich, jedenfalls, habe mir immer die unwichtigen Leute ausgesucht, denen ich auf- und gefallen wollte. Unentwegt habe ich alles daran gesetzt zu gefallen, um karrieremäßig aufzusteigen. Und es ist mir stets gelungen, die am allerwenigsten einflußreichen Menschen zu beeindrucken.

Wieder Uni beispielsweise.

Die pieseligen Lehrbeauftragten mochten mich ganz gern.

Aber wie stand es um die Professoren?

Keine Chance!

Die hatten nur was für Blender und Nebler übrig. Wer schlagfertig das passende Bachtin-Zitat parat hatte, bekam sofort eine Asi-Stelle. Pseudo-Intellektuelle. Genau der Menschenschlag, wegen dem ich eigentlich nie vorhatte zu studieren.

Und wen wundert's: die Professorinnen waren die Schlimmsten! Was sollte man auch sonst von Frauen erwarten, denen man ein bißchen Macht überantwortet? Die schlimmsten Tyrannen mit der geringsten Fähigkeit, Sachverhalte rein objektiv zu beurteilen.

Vorurteilsbehaftet.

Stur.

Einmal passiert, und schon haben wir ein Naturgesetz.

Das ist ihr Grundsatz.

Habe ich mir da jetzt die richtige Person ausgesucht, um sie zu beeindrucken? Ist Michaela Lenhart genau die Richtige, die mir wirklich helfen kann? Oder sollte ich es mit einem der Assistenzärzte probieren?

Besser nicht.

Obgleich sie mir durchaus zuhören würden, wäre von ihnen nichts zu erwarten, da ihre Karriere auf dem Spiel stünde.

Die will man nicht gleich ganz zu Beginn ruinieren.

Dazu im Gegensatz stellt Michaela Lenhart eine richtige Hoffnung für mich dar. Sie hat Erfahrung, ist ein alter Hase. Sie weiß, was sie tut. Irgendwelche Fehler ihrerseits könnte sie perfekt vertuschen und anderen in die Schuhe schieben. Bei solch menschlichem Abschaum wie mir würde sowieso kein Hahn danach krähen.

Ich versuche es ganz einfach mit ihr. Und da sie jüngst ohnehin so zuckersüß zu mir geworden ist, werde ich folgerichtig mein Allerbestes geben.

Ich komme mir jetzt vor wie *Rotbäckchen* im Rosenduft.

Sie hat mir die Fresse wirklich gründlich poliert.

Das Bett wackelt.

Im Kissen zu fühlen.

Vermutlich Körperwäsche.

Geplätscher.

Der rosige Duft wird von etwas anderem übertüncht.

Riecht metallisch.

Blut.

Oder eher Blutkruste?

Wäscht sie gar meine Wunden aus?

Das wäre in der Tat sehr früh!

Obwohl meine bisherigen Ärzte immer lobend hervorhoben, daß meine Wunden ziemlich schnell abheilen, insbesondere genähte OP-Schnitte.

Die Krusten!

Ach, wie ich Krusten doch liebte! Und sie nach einer, maximal zwei Wochen versuchte abzuziehen.

Aber wie bei allem im Leben, gibt es immer eine Wiederholung.

Angenehme wie auch unangenehme Dinge.

Unangenehm: Schluckauf beispielsweise.

Man hofft jedesmal, daß man nie wieder einen kriegt.

Aber dann passiert es doch. Unausweichlich.

Brotkrümel, die in die Stirnhöhle geraten, wenn man zu schnell ißt. Man versucht verzweifelt, sie hinauszuschneuzen. Man hustet. Sie scheinen auf ewig zwischen Nase und Rachen festzustecken. Eine Tortur, von der man sich vornimmt, sie nie wieder geschehen zu lassen. Iß' langsam, und vor allem: sprich' nicht beim Essen! Zack! Da ist's schon wieder passiert!

Eingerissener Fingernagel.

Äußerst widerlich, wenn der Riß über das Weiße des Fingernagels hinausgeht. So gut wie ausgeschlossen, das eben gefeilt zu bekommen.

Und dann natürlich beim Rasieren!

Man sollte meinen, daß es bei der heutigen Generation von Rasierklingen mit eigens dafür konzipierter Schutzvorrichtung so gut wie unmöglich ist, sich bei der Rasur zu schneiden.

Weit gefehlt!

Eine klitzekleine plötzliche Zuckung im Finger, während die Gedanken selbstverständlich um ganz andere Dinge kreisen wie etwa das Vorspiel am Vorabend und zack: da haben wir den Salat! Erst garnichts. Aber nach ein paar Sekunden blutet man wie eine abgestochene Sau. Jedes verdammte Mal, wenn es passiert, faßt man den Vorsatz: Konzentrier' dich beim Rasieren ganz und ausschließlich auf's Rasieren! Aber es passiert dann halt trotzdem wieder und wieder und wieder.

Zugegeben.

Irgendwie hab' ich jetzt schon Glück.

Nie wieder einen eingerissenen Fingernagel, der mich nervt!

Nie wieder werde ich mich beim Rasieren schneiden!

Fräulein Lenhart nimmt einen elektrischen Rasierer dazu. Ist wohl sauberer als eine Naßrasur.

Ob sie jemals den Rasierer reinigt?

Ob sie jemals ihren eigenen Rasierer reinigt?

Ob sie sich überhaupt rasiert?

Würde mich anmachen, wenn sie haarige Beine hätte und ihr ein Dschungel unter den Achseln sowie im Schoß wüchse.

Lecker!

Da kommen wir zurück auf Napoleon!

Napoleon und Josephine!

Aber Fräulein Lenhart braucht keine Angst zu haben.

Ich bin außer Gefecht gesetzt.

Welch Gedanke, daß Fräulein Lenhart gleich meine leeren Lenden wäscht!

Verspürte ich auch nur noch ein Fünkchen Gefühl in dieser Körperregion, stünde ich im Bett vor Schmerz.

Bislang hat sie nicht gewagt, mir mit Hilfe eines Handspiegels den Zustand meines Körpers bildlich vor Augen zu führen. Wenigstens um diesen Gefallen sollte ich sie bitten für den Fall, daß sie mir nicht zuhören möchte.

Sie summt vor sich hin.

Ist ja ganz was Neues!

Ist sie verliebt?

Erstes und wichtigstes Anzeichen: Kein Körpergeruch! Ich hielt es zu Beginn für das Handdesinfektionsmittel. Aber höchstwahrscheinlich ist es doch ein echter Damenduft.

Und jetzt summt sie sogar vor sich hin.

All das im Laufe eines einzigen Tages? Im Laufe eines kurzen Nachmittags, wenn ich's mir recht überlege?

Man hat schon so manche Persönlichkeitsveränderungen bei Menschen beobachtet, drastische in einigen Fällen. Das hier allerdings schlägt meines Erachtens den Boden raus.

Echt Panne, daß man mich noch nicht mindestens eine Stunde länger sprechen läßt.

Wenn sie mir erstmal die Maske abgenommen hat, sollte ich sie gleich fragen, was unerwarteterweise zu ihrer plötzlich guten Laune führte?

Oder sollte ich ohne Umschweife zur Geschichte von Winfried Weltes fehlgeschlagenen Liebesprojekten kommen?

Sie ist fertig.

Da ist ihr Gesicht.

Kaum zu glauben – sie lächelt mich wirklich an.

Gleich ist es soweit! Sagt sie. Gleich halten wir ein schönes kleines Pläuschchen!

Pläuschchen!

Wie neckisch!

Und eben eher gebildet, keinesfalls vulgär!

Wohnt sicherlich nicht in der Wurzacher Siedlung.

Schillersiedlung vielleicht?

Nerz und nix drunter? Hahaha!

Klar nix drunter, wenn man an ihren natürlichen Duft denkt, den ich allerdings momentan nicht zu erheischen vermag. Hat sie sich inzwischen ein Höschen angezogen. Gewaschen mit Lavendel-Weichspüler?

Könnte sein: Schillersiedlung.

Aber warum wird sie dann eine schlechtbezahlte Pflegekraft, wenn sie dort wohnt?

Ach, wahrscheinlich liege ich damit wieder komplett falsch. Es mangelt mir am Feingefühl meiner Mitmenschen, die ganz exakt festzustellen in der Lage sind, woher jemand kommt, wo jemand wohnt, nur schon, wenn er den Mund aufmacht. Ist schon vorgekommen, daß ich einen Kölner für einen Pfälzer gehalten habe. So geht's eben. Dasselbe im vorliegenden Fall: Fräulein Lenhart könnte ebenso gut aus einer vornehmeren Gegend in Kempten kommen und jeden Tag hierher pendeln. Wohl per Auto?

Sieht eigentlich ganz knuddelig aus, wenn sie so lächelt. Ihre fleischigen Wangen heben sich dabei etwas an. Dadurch wirkt sie richtig liebenswert.

Trotzdem nochmals: woher diese plötzliche Freundlichkeit?

Wieso bin ich nur so ein Skeptiker?

Haben mich andere zu oft enttäuscht?

Hohe Erwartungen und dann – nichts!

Andererseits: welchen Vorteil zöge sie daraus, nett zu mir zu sein? Haben ihre Handlungen irgendetwas Utilitaristisches an sich? Das Einzige, was dahingehend vorstellbar wäre, könnte sein, daß man ihr für irgendeine Gegenleistung Geld angeboten hätte.

Presse!

Nur eine Geschichte erzählen, und dafür ein Geldbündel zählen!

Exklusivinterview mit Winfried Weltes Pflegerin!

Demzufolge ist es mehr als wahrscheinlich, daß sie absolut kein Interesse hat an Andrea, dem Wohnwagenmädchen. Für Michaela Lenhart spielt es überhaupt keine Rolle, ob ich da mal neben Andrea in der Abenddämmerung auf den Stufen eines leeren Schwimmbeckens saß oder nicht, ob ich nun den Schneid dazu aufbrachte, Andrea anzubaggern oder nicht: Michaela Lenhart ist das Ganze einfach scheißegal!

Obwohl ich selbst davon überzeugt bin, daß die Sache zumindest in Teilen doch ungemein faszinierend ist sowie auch zu erklären vermag, wie sich die Dinge in der Folge sexualtechnisch entwickelten.

Ein gewisses Muster sozusagen.

Da saß ich also und genoß es durchaus, einfach so neben Andrea am Schwimmbeckenrand zu sitzen und mir meine Zukunft mit ihr vorzustellen. Noch nicht mal so sehr das Sexuelle, sondern eher schlicht das simple Zusammensein. Haus, Garten, Arbeit, Kinder, Familie, Familienurlaub auf dem Campingplatz.

Schon immer habe ich mich als Experten in Tagträumerei angesehen, dem selbstredend jedwede Handlungsfähigkeit abgeht.

Es hätte alles so schön und nett sein können.

Kuschelig.

Wir kommen zur letzten peinlichen Szene des Kapitels.

Andrea wurde es ein bißchen langweilig, glaube ich. Vielleicht wollte sie mir auch nur eine Gelegenheit zum Handeln geben. Eines Abends stand sie plötzlich auf, obwohl es eigentlich noch gar nicht so spät war. Uns beiden war klar, daß unsere Eltern mindestens noch zwei Stunden zusammen an der Campingplatzbar sitzen würden. Andrea sagte, sie wolle im Wohnwagen noch ein wenig fernsehen. Erwartungsgemäß zögerte Winfried Welte. Er wandte sich gen Schwimmbecken. Dann drehte er seinen Kopf wieder und sah die Dame seines Herzens langsam im Dunkeln verschwinden. Und doch trafen sich kurz vor knapp zwei Augenpaare wieder. Eine ausdrückliche Einladung? Sie ging weiter. Ich sprang auf und lief ihr nach. Das Schlimmste kommt noch. So etwas wie ein komplett mißglückter Versuch, meinen Arm um ihre Hüfte zu legen, als ich sie einholte. Verdutzt und entsetzt zugleich blickte sie mich an.

Es fehlte an Souveränität, Selbstvertrauen, meine Hand auf ihren Hüften verharren zu lassen. Ich schreckte auf und zog sie, peinlich berührt, zurück.

Womöglich lief ich gar rot an.

Das war's.

Meine "Initiative".

Ihre Reaktion.

Sie ließ mich stehen und bevorzugte es, ganz für sich alleine fernzusehen, anstatt mit mir zumindest heftigstes Petting zu betreiben.

Mein Glück.

Toll!

Genau das ist es, was Fräulein Lenhart schon immer der Presse mitteilen wollte.

Wirklich hochinteressant!

Sei's drum.

Ich habe ja sowieso nichts Besseres zu tun.

Noch ein Stündchen, sagt sie.

Ein Stündchen bleibt mir, um alles zu überdenken sowie ebenfalls um zu diesem ganz bestimmten Detail zu gelangen, von dem sie am meisten begehrt zu erfahren.

Was kümmert es sie, daß ich von einer Zukunft mit Andrea in der Kneipe ihrer Eltern träumte?

Ja, ehrlich: sie waren echte Wirtsleute!

Ein klares Bild hatte ich da vor Augen: ich, Bier zapfend hinter dem Tresen und zugleich mein eigener bester Kunde. Andrea hätte die Kinder hochgezogen. Zwei Mädchen, ein Junge, wobei Letzterer auch zugleich der Jüngste gewesen wäre, da einer meiner Kumpels Stein und Bein schwörte, daß die meisten geschiedenen Paare ein Mädchen als jüngstes Kind zur Welt gebracht hätten.

Geht's noch?

Jungen als die wahren Liebesproduktionen?

Nur Eltern von Jungen wissen, wie man's "richtig" macht?

Exakt derselbe Kumpel schwörte zudem Stein und Bein, daß es Jungen gäbe, wenn man's von hinten triebe.

Zufall?

Mögen Frauen die Intimität von hinten lieber?

Sollte ich etwa Fräulein Lenhart hinsichtlich ihrer bevorzugten Position befragen?

Was wäre da wohl ihre wahrscheinlichste Replik?

Das hat Sie doch nun wirklich nicht zu interessieren, Herr Welte! Schauen Sie sich bloß mal an! Wie wollten Sie denn überhaupt irgendeine Form der Feldforschung betreiben?

Und damit hätte sie natürlich völlig recht.

Als ob ich schon so zahlreiche Gelegenheiten zu betreffender Feldforschung vor meiner Krankenhauseinlieferung gehabt hätte!

Vater bin ich zum Glück nie geworden.

Und meine sexuellen Kontakte zum anderen Geschlecht hielten sich dermaßen in Grenzen, daß ich die These meines Kumpels, daß Frauen die Intimität von hinten bevorzugen, weder zu bestätigen noch zu widerlegen in der Lage wäre.

Darüber muß ich nun wirklich weiter gründlich nachdenken. Noch habe ich massig Zeit dazu; also kann's nicht schaden. Falls Fräulein Lenhart etwas von mir will, muß sie sich eben auch einem Verhör meinerseits unterziehen. Das wäre das Mindeste, was sie tun könnte, insbesondere dann, wenn sie mir meinen Hauptwunsch nicht gewährte.

Was soll's?

Wissenschaftliche Feldforschung also!

Hündchenstellung.

Das Mädchen beugt sich nach vorn.

Hoch den Rock, rein mit dem Stock!

Welchen Grund könnte es für Mädchen geben, eine solche Methode der Missionarsstellung vorzuziehen? Ganz offensichtlich bleibt bei der Missionarsstellung die Klitoris so gut wie unberührt. Einfach rein und raus. Wie um alles in der Welt sollte ein weibliches Wesen beim Verkehr in der bloßen Missionarsstellung jemals einen Orgasmus erfahren?

Dieser ganze Mythenmüll über angebliche zwei Arten von weiblichem Orgasmus! Da gibt's nur Schwarz oder Weiß, Orgasmus oder nicht. Punkt!

Als ob es jetzt noch wichtig für mich wäre, ob eine Frau dazu fähig ist, einen Orgasmus zu verspüren oder nicht!

Oder geht es hier eigentlich nur um Meg Ryan im Restaurant?

Wie sie es vorspielt?

Schauspielert?

Was ist schlimmer? Wenn einem die Frau sexuelle Erregung und gar den Orgasmus vorspielt oder wenn sie einfach nur so daliegt, es mit sich geschehen läßt und gelangweilt wartet, bis der Partner "kommt"?

Ich hätte genauere Studien von Teenie-Mädchen-Magazinen durchführen sollen!

Nie konnte ich das fassen, geschweige denn werde ich jetzt jemals die Gelegenheit erhalten, meine Hypothesen in dieser Hinsicht zu verifizieren.

Alles, was mir nun bleibt, ist die Hoffnung auf Michaela Lenharts Gnade. O nein! Nicht auf ihre Gnade, sondern auf ihren Gerechtigkeitssinn!

Ich gebe ihr das, was sie will, und sie gibt mir das, was ich will.

Noch ein Seufzer von ihr.

Der klingt eher heiter.

Sie ist fertig mit meiner Körperwäsche. Meine zerstümmelte Karrosserie erstrahlt dann wohl wieder im Hochglanz. Es duftet unterschwellig nach antibakteriellem Waschgel.

Wenn ich mich nicht sehr irre, reibt sie sich gerade die Hände.

Lotion.

Momentan befindet sie sich nicht in meinem Sichtfeld. Das treibt mich noch zum Wahnsinn: Geräusche hören, aber nicht sehen können, wodurch sie verursacht werden. Habe ohnehin schon starken Augenmuskelkater. Noch mehr Anstrengung in dieser Hinsicht wäre fatal. Gefühlsmäßig drohen mir die Glotzkugeln gleich aus ihren Höhlen zu kullern. Das könnte äußerst schmerzhaft werden. Warum schließe ich die Scheißdinger eigentlich nicht und gönne ihnen etwas Ruhe?

Sie heißt es gut.

Recht so! Schlafen Sie ein wenig, damit sie für die Entfernung des Atemgeräts ausgeruht sind!

Sie will's.

Sie will's.

Bekomme ich, was ich will?

Rolling Stones.

Man bekommt nicht immer, was man will.

Mick Jaggers lüsterne Lippen.

Tiefseefisch.

Aus dem Zeichentrickfilm *Nemo*? Den habe ich nie gesehen, aber jetzt! Déjà vu. Ich weiß genau, worum's geht, und doch habe ich ihn nie gesehen.

Tiefseefisch Fräulein Lenhart.

Sie nähert sich meinem Gesicht und tut so, als ob sie mich küssen wollte.

Gigantische, vulvaartige Lippen. Spuren von Spucke an den Rändern.

Sie frißt mich.

Wo bin ich?

Achterbahn. Stahlräder rattern auf Eisenschienen. Klick-klack, klick-klick-klack. Klickklack, klick-klick-klack.

Kurve.

Die Fliehkraft schleudert mich in Sekundenbruchteilen von der einen zur anderen Seite.

Rückenschmerzen.

Rücken? Ich kann meinen Rücken wieder spüren!

Die Raumpflegerin!

Wieder weit aufgerissene Augen.

Man hat dieser retardierten Dame eine solche Aufgabe übertragen.

Woher weiß ich das?

Erstens: Es trug sich zu, daß ich per Zufall das Vergnügen hatte, ein Gespräch zwischen ihr und Fräulein Lenhart mitzuhören.

Das gute Fräulein Lenhart. Selbstverständlich politisch korrekt bis zum i-Tüpfelchen.

Also dann mal: Fräulein Lenhart im Gespräch mit Connie, wie sie wohl genannt wird. Diese stereotypisch herablassende Art, wie die meisten politisch korrekten Gutmenschen mit geistig Minderbemittelten reden.

Ja, Connie! Wirklich prima haben Sie das gemacht!

O bitte, Connie: Könnten Sie mir noch einen großen Gefallen tun?!

Stattdessen hätte sie sie eigentlich richtig zusammenstauchen müssen!

Mach' deine Arbeit mal endlich ordentlich, du nichtsnutzige Kuh! Wie oft muß ich dir den Scheiß eigentlich nochmal zeigen???

Sie taugt in der Tat zu rein überhaupt nichts, wie sie den Wischmopp ständig gegen die Bettpfosten donnert, so daß sogar ich es mit meinem Kopf spüren kann. Und natürlich auch hören. Wie ein Schwertkampf im Mittelalter. Endlos.

Und neugierig ist die Minderbemittelte erstmal obendrein.

Wie eine Fünfjährige beim ersten Zoobesuch.

Ich hab' ihr Gesicht gesehen.

Warzen an den Mundwinkeln und auf beiden Wangen. Sogar eine dicke, fette auf dem linken Augenlid.

Eine außergewöhnlich häßliche Kreatur!

Eine Deppin.

Aber man darf ja nix sagen.

Bei meiner letzten Sprechzeit war ich versucht, sie zu verpfeifen. Ich spielte mit dem Gedanken, Fräulein Lenhart brühwarm zu erzählen, daß sich ihre heißgeliebte Connie über mein Gesicht gebeugt hatte, um mir in die Augen zu blicken. Das Ganze, während sie an einem Apfel herumknabberte.

Man stelle sich das vor: lutscht und saugt da an einem Apfel!

Dabei wird von ihr erwartet, daß sie meine direkte Umgebung sterilisiert! Stattdessen verteilt sie skrupellos ihre Bazillen überall!

An ihrem Kinn hinunterrinnende Spucke, die folgerichtig aufs Bettlaken tropfte!

Die Drecksau!

Was, wenn ich sie wirklich verpfiffen hätte? Nix!

Sie hätten mich noch mehr geächtet, weil ich zu einer schutzbedürftigen, "vulnerablen" Person so schäbig gewesen wäre.

Wer ist hier eigentlich die vulnerablere Person?

Ach ja, klar! Ich bin der Inbegriff des Bösen. Es steht mir nicht zu, irgendjemanden zu kritisieren. Der Heini, der im Glashaus sitzt und nicht mit Steinen werfen darf.

Trotzdem ist es doch ganz offensichtlich, daß Connie einfach unfähig ist, die ihr übertragene Tätigkeit sachgerecht auszuüben! Was, wenn sich jemand aufgrund ihrer Inkompetenz Sepsis einfängt und daran elendiglich krepiert?

O nein! Keinesfalls! Man kann sie nicht dafür verantwortlich machen, weil sie eben selbst eine "vulnerable" Person ist.

Dieser häßlichen Kröte kann man einfach nichts anhaben!

Dazu kommt noch ihr Asthma. Ihre Lungen pfeifen geradezu. Sobald sie sich räuspert oder gar hustet, muß man befürchten, daß irgendwas Materielles mit hochkommt. Und wenn der Hustenanfall dann mal endlich überstanden ist, wartet man förmlich aufs Ausspucken.

So ein gelblich-grüner Fladen auf dem angeblich sterilisierten Boden.

Zäh und fadenziehend wie Käsespätzle.

Ich darf einfach nicht dran denken! Sonst muß ich womöglich noch kotzen!

Das wär's echt noch!

Ich kotze, und sie müßte es auch noch aufputzen.

Allerdings scheint es so gut wie ausgeschlossen, daß sie auch nur im Ansatz so etwas wie Ekel zu empfinden vermag.

Sie ist einer dieser bewundernswerten Menschen.

Kein Verstand.

Keinerlei Reflektionsvermögen.

Ein Wunder, daß sie überhaupt sprechen kann.

Ohne Frage sind ihre Unterhaltungen mit Fräulein Lenhart ebenfalls äußerst unerträglich. Connie näselt extrem. Zuhören allein genügt, um ihr die geistige Behinderung zu attestieren.

Auch wenn ich's nicht spüren kann, weiß ich, daß ich Gänsehaut bei ihrem Ausruf "Schwestäääähr!" kriege.

Zu gewissen Zeiten wandelt sich dieses Krankenzimmer zu einer wahren Folterkammer.

Pling!

Der Wischmopp!

Die Versuchung ist groß, unter der Maske zu schreien, aber ich muß mir meine Kräfte für später aufsparen.

Ruhig!

Ganz ruhig, Winfried! Sie ist die Aufregung nicht wert. Es wäre Verschwendung ebenso wie sie eine ist.

Geduld.

Sei geduldig, Winfried! Irgendwann wird sie das Zimmer schon verlassen. Irgendwann, mit einem Türknaller, versteht sich.

Sie knallt die Tür noch schlimmer zu als Fräulein Lenhart in Bestform.

Vielen Dank auch, Connie!

Wo war ich nochmal?

Aus einem Traum erwacht.

Der Achterbahntraum.

Was er wohl zu bedeuten hat?

Fräulein Lenhart frißt mich auf?

Was für ein Blödsinn, diese Traumdeuterei!

Jedenfalls konnte ich während des Traums meinen Rücken wieder spüren. Mein Körper war völlig intakt.

Schon komisch, aber diese Illusion macht mir jetzt gar nichts mehr aus.

Ich bin ja sowieso verdammt.

Das verhielt sich ganz anders, als ich mir im zarten Alter von vierzehn das Bein brach. Mein Bruder und ich spielten Badminton im Garten. Ich lederte ihn zur Abwechslung mal so richtig ab. Nach dem letzten Punkt gedachte ich, den Kantersieg so richtig zu feiern und setzte zu einem Salto an wie ein Profifußballer nach einem erzielten Tor.

Zack!

Es fühlte sich an, als ob mir jemand einen Stein gegen das Knie geworfen hätte.

Selbstverständlich verdächtigte ich geradezu intuitiv meinen Bruder, weil der, seit ich denken kann, schon immer ein extrem schlechter Verlierer war und ist.

Seltsam, das Ganze.

Muß vielleicht ein Sekundenbruchteil gewesen sein, daß ich ihm das in die Schuhe schob. Es schien wirklich keine andere logische oder physische Wahrscheinlichkeit gegeben zu sein.

Doch es war dann tatsächlich nur dieses winzige Knöchelchen unterhalb der linken Kniescheibe, das dem offenbar zu großen Kräftespiel des versuchten Saltos nachgab. Genug jedenfalls, daß es den Ruf nach einem Krankenwagen an jenem Samstagabend rechtfertigte.

Vollnarkose zur Einrenkung. Sechs Wochen Gips, zwei davon im Krankenhaus mit zwei anderen Knochenbrüchen auf der Bude.

Da lag ich dann eben mal.

Ganz ähnlich wie jetzt.

Aber eben nicht identisch.

Damals war es komplett meine eigene Verantwortung.

Ich war blöd genug gewesen, diesen idiotischen Salto zu machen, dem ich einen solchen Zustand der Hilflosigkeit zu verdanken hatte.

Im Vergleich zu jetzt war das die Hölle, da ich zumindest für die Dauer der zwei Wochen Krankenhaus im Konjunktiv dahinschmorte.

Extrem deprimierende Träume.

Der Allererste davon: Da rannte ich wie wild durch ein reifes Weizenfeld und dachte voller Lebensfreude so bei mir, oh, ich kann ja wieder laufen; also war die Verletzung halb so schlimm!

Schlimm dann aber das Erwachen!

Da hätte ich plärren können wie ein Neugeborenes.

Hätte ich mich doch bloß nicht so ins Zeug gelegt, um meinen Bruder mal im Badminton zu schlagen! Eine Niederlage mehr hätte den Kohl auch nicht fett gemacht. Hätte ich nicht gewonnen, wäre es nie zum Saltoversuch gekommen und ich "intakt" geblieben.

Ich hätte die restlichen zwei Wochen Sommerferien zur Gänze genießen können, anstatt dort im Krankenhaus vor mich hinzuvegetieren.

Was hätte ich alles anstellen können, wenn ich den Salto nicht gemacht hätte?

Wenn ich ihn nicht gemacht hätte!

Wenn ich ihn doch bloß nicht gemacht hätte!

Konjunktiv.

Tue ich jetzt dasselbe?

Denke ich nicht auch nur ein klitzekleines Bißchen daran, was geschehen wäre, wenn ich es nicht gemacht oder besser gesagt: getan hätte?

Wahrscheinlich nicht.

Ich bereue nichts.

Es mußte so kommen, wie es gekommen ist.

Irgendwie darf ich mich glücklich schätzen, daß ich schließlich doch noch in den Genuß wahrer Liebe gekommen bin.

Nach all der Demütigung.

Zugegeben: eine sehr kurze Zeit des Glücks; aber wenigstens war sie mir überhaupt beschieden!

Und jetzt, da ich all dies überdenke, erscheint es mir – selbst wenn ich meinen jämmerlichen physischen Zustand dabei berücksichtige -, daß ich mich in keiner Weise von all den anderen im fundamentalsten Gesichtspunkt des Lebens unterscheide – ich warte auf den Tod!

Welch fatalistischer Gedanke!

Vom Augenblick der Empfängnis, oder sogar früher bereits, warten wir auf den Tod.

Vielleicht sollte ich das ein wenig modifizieren.

Von dem Zeitpunkt an, zu welchem wir uns unserer selbst gewahr werden, sobald wir uns selbst als "ich" bezeichnen, sobald wir die Fähigkeit des reflektierenden Nachdenkens entwickeln, wir uns zudem nicht mehr nur mit uns selbst unterhalten, warten wir auf den Tod.

Wir kommen auf diese Welt, um sie zu einem geradezu festgeschriebenen Zeitpunkt wieder zu verlassen.

Wir geben unser Bestes, damit wir es in unserem Dasein so bequem wie möglich haben bis hin zu dem Augenblick, wenn wir Lebewohl sagen müssen, was mich zum Gedanken führt, daß meine momentane Lage eigentlich als äußerst bequem, komfortabel zu bezeichnen ist.

Aus welchem Grund wünsche ich mir den Tod lieber früher als später herbei? Man umsorgt mich hier bestens!

Qualifiziert sich der schlechte Zustand dieses Körpers dafür, daß seiner Existenz vorzeitig ein Ende bereitet werden sollte? Oder handelt es sich eher um meinen Geisteszustand, welcher einer derartigen Exekution bedarf?

Ich muß mich nicht vor Gericht verantworten.

Mein unzulänglicher Körper gestattet es mir, über dem Gesetz zu "stehen", vorausgesetzt natürlich, man hätte mich schuldig gesprochen, was eigentlich jeder erwartete.

Ja, und dann?

Dann hätte ich einen gesunden Körper gehabt, der für sehr lange Zeit eingesperrt worden wäre.

Und nach der Entlassung hätten sie mich auf diese ominöse Liste gesetzt, so daß mein Leben im Prinzip unlebbar geworden wäre.

Der Außenseiter im wahrsten Sinne des Wortes.

Wer die Scheiße einmal an den Hacken hat.

Selbst wenn sie mich freigesprochen hätten.

Kein Entkommen.

Die brutalen Schweine im Gefängnis haben mir in der Tat einen großen Dienst erwiesen. Sie haben unabsichtlich dafür gesorgt, daß ich über dem Gesetz stehe. Und dabei vollzog sich das Ganze komplett schmerzfrei für mich. Sollte ich mich deshalb nicht glücklich schätzen – der glücklichste Mensch auf Erden sogar?

Da geht mir ein Licht auf.

Der glücklichste Mensch auf Erden.

Eine sehr wichtige Person.

Eine zwielichtige Berühmtheit.

Wie diejenigen, die hervorzuheben pflegen: Wissen Sie eigentlich, mit wem Sie es zu tun haben?

Selbstredend weiß ich das!

Mit einem von acht Milliarden (aktuellster Stand)!

Wie die wohl auf so eine Antwort reagierten?

Die Tatsache, daß mein Körper hinüber ist, rückt die übrigen Dinge des Lebens in eine andere Perspektive. Nicht, daß mir das vorher nicht zumindest unterbewußt klar gewesen war, aber nun sehe ich es wirklich deutlicher denn je.

Wir sind nichts als blanke Zahlen.

Eine Zahl in der Unendlichkeit, und niemand traut sich, die Frage zu stellen.

Wen kümmert's, wenn mir Fräulein Lenhart in etwa zwei Stunden ein bißchen zu viel vom Beruhigungsmittel in meine ungefühlten Venen spritzt?

Wen kümmert's danach, ob sie Fräulein Lenhart entlarven?

Wen kümmert's, ob sie schließlich verknackt wird?

Und wen kümmert der krepierte Winfried Welte?

Heute eine Schlagzeile, morgen vergessen.

Wahrscheinlich sagen die Leute, o gut, das Schwein hat gekriegt, was es verdient. Ein paar

Worte, die Mann und Frau am Frühstückstisch in aller Eile vor der Arbeit miteinander wechseln. Eventuell ein paar mehr noch am Arbeitsplatz mit Kollegen in einer kurzen Zigarettenpause. Hast du das gelesen über diesen Typen Welte? Jaja, es gibt doch noch sowas wie Gerechtigkeit...

Am nächsten Tag dann schon kalter Kaffee.

Winfried Welte? Häh? Winfried Welte, der, wenn's hochkommt, ein paar Wochen die öffentliche Aufmerksamkeit erregte.

Wissen Sie überhaupt, mit wem Sie es zu tun haben?

Klar doch! Mit einem von acht Milliarden!

Manche können das einfach nicht verkraften. Jürgen Klinsmann. Gutes Beispiel. Taucht immer wieder auf, weil ihn bei den Amis kein müder Hund anpinkelt.

Und am Ende dasselbe für alle und jeden.

Ohne Ausnahme.

Asche zu Asche.

Staub zu Staub.

Warum gelingt es einfach nicht, den Menschen diese Grundlektion in Demut einzutrichtern?

Ist wohl was Soziales.

Soziale Dynamik.

Acht Milliarden Idioten m ü s s e n mich einfach kennen!

Ich muß der berühmteste Mensch aller Zeiten werden und bleiben!

Die moderne Form des Solipsismus.

Wer wäre denn nicht gerne der Protagonist in der *Truman Show*?

Ein-Mann-*Big Brother*.

Millionen von Leuten, die mir dabei zusehen, wie ich Bukowski auf der Schüssel sitzend lese.

Wie ich mir meinen verlängerten Rücken abwische.

Wie ich zum krönenden Abschluß "Mütze-Glatze" spiele.

Und wenn ich es dann wirklich herausfände genauso wie Truman?

Wie würde ich reagieren?

Womöglich wäre ich noch nicht mal im mindesten peinlich berührt, sondern verspürte eher eine Art vergnügte Zufriedenheit?

Menschen haben den Exhibitionismus irgendwie im Blut.

Wir posaunen gerne das aus, was wir gerade so unternehmen, anstellen, anpacken.

Ich drehe mich mal wieder im argumentativen Kreis.

Da bin ich nun erneut an der Startlinie.

Wir würden gerne Aufmerksamkeit erregen.

Erstens und wichtigstens, die Aufmerksamkeit eines Sexualpartners.

Kerstin Heinze!

Die kommt mir als Allererste in den Sinn, wenn man vom Teufel, also von Paarungsritualen spricht!

Die Rote Zora von der Lahn.

Mann, o Mann! Was für eine absolute Sahneschnitte!

Die Jungs ohne Ausnahme am Beginn der Pubertät.

Ein Pfauenschwarm sozusagen.

Oder doch eher Tauben?

Wenn man Tauben bei der Paarung beobachtet, dann kann man sich in etwa eine Vorstellung davon machen, wie sich die Männchen in meiner Klasse Kerstin Heinze an ihrem ersten Tag in unserer Schule näherten.

Nie wieder in meinem Leben habe ich jemanden mit solch dickem Haar gesehen.

Blendendes Orange-Rot.

Wellig, versteht sich von selbst.

Runter bis fast zu den Hüften.

Dunkelbraune Augen.

Natürlich Sommersprossen.

Makellos weiße Zähne, was seinerzeit durchaus bemerkenswert war.

Und die Figur!

Manko dabei: Normalerweise eingehüllt in zu viele Schichten, als daß Himbeerschmuggeleien hätten sichtbar werden können.

Ich frage mich so manches Mal, was aus Kerstin Heinze wohl wurde.

Offenbar schlug sie keine Karriere als Fotomodell oder Schauspielerin ein.

Dazu war sie sowieso zu ernst oder ernsthaftig. Was man angesichts des Blendwerks ihrer äußeren Erscheinung niemals erwartet hätte.

Der Schein trügt - so banal es klingen mag!

Nicht, daß sie dumm war. Ganz im Gegenteil! In der Tat ein sehr kluges Mädchen. Von einer Intelligenz, die maßgeblich zu ihrer Attraktivität beitrug.

Und jenes klitzekleine Detail, das man unter Umständen als ihren nachteiligsten Charakterzug hätte bezeichnen können, machte sie sinnigerweise noch um vieles attraktiver: Sie hatte keinerlei Humor.

Sie nahm alles für bare Münze.

Es war schlicht unmöglich, sie in irgendeiner Weise zu verarschen.

Sie kapierte es einfach nicht.

Sie verstand keinen Witz oder Spaß.

Verzog keine Miene, wenn man ihr was Lustiges erzählt hatte.

Da schaute sie einen erstmal lange schweigend an, bis sich dann so langsam kleine Ungläubigkeitsfältchen auf ihrer Stirn und zwischen den Augen bildeten. Dann neigte sie meist den Kopf leicht zur Seite, während sie den Blick tief in die Augen des Gegenübers konsequent aufrechterhielt, als ob sie an einer tiefgründigen philosophischen Betrachtungsweise zweifelte, die man geradeeben von sich gegeben hatte.

Das machte einen fix und fertig!

Wir Jungs liebten sie deswegen noch heißer und inniger!

Jeder einzelne von uns hatte ihr gegenüber wollüstigste Gedanken.

Paarungsrituale eben.

Wir schwirrten um sie rum wie Mistfliegen über einem frischen Kuhfladen in der Sommerhitze.

Ronnie Gramski schnappte sie sich dann schließlich.

So drei, vier Jahre, nachdem sie in den Süden gezogen war.

Gerüchte besagten, daß sich Ronnie damit brüstete, wie schnell sie bei ihm immer feucht wurde.

Das widersprach eigentlich ihrer Ernsthaftigkeit.

Aber da haben wir's wieder: der Schein kann trügen!

Und wie immer zog ich den Kürzeren.

Keine Kerstin Heinze für mich.

Im Traum vielleicht.

Nur da.

Oder so.

Vorzugsweise die häßlichsten Kröten standen auf mich.

Man hat aber doch seinen Stolz.

Die meisten davon auch noch mit der Ausstrahlung eines rostigen Melkeimers. Da war's dann nicht mal schwierig, so zu tun, als ob man von ihren Halb-Avancen nichts mitkriegte.

Da gab's hingegen eine Ausnahme von der Regel.

Studienfahrt.

Prag.

Dreiundachtzig.

Mein lieber Scholli! Heiße Reise!

Beinahe zwölf Stunden im Bus.

Wenigstens unterbrochen durch eine Übernachtung in der Jugendherberge.

Von unserem Zwangsumtausch kauften wir Jungs jeder einen Sechserpack *Pilsener Urquell*.

Von Pilsen nach Prag.

Die längste Etappe.

Aus nicht nur einem Grund.

Es war einfach nur deprimierend.

Geradezu verzweifelt suchten wir nach einer Kneipe in diesem heruntergekommenen Industriekaff, damit wir die paar Kronen verscherbeln konnten, die wir gesetzlich gezwungen worden waren, für den denkbar schlechtesten Kurs gegen unsere wertvollen D-Mark einzutauschen.

Endlich fanden wir diese Gaststätte.

Zwar wie leergefegt, aber dennoch geöffnet.

Bis auf eine handvoll Kellner: keine Menschenseele.

Einer von den fünf Fliegenträgern informierte uns ruppigst, daß sämtliche Tische für diesen Nachmittag reserviert seien.

Na toll!

Zurück zum Bus also. Und da in der Nähe befand sich halt so eine Bierhalle, die wir jedoch tunlichst meiden wollten. Beim ersten Eintreten zuvor hatten wir nicht glauben können, was wir dort zu hören bekamen oder eben nicht: vollbesetzt und mucksmäuschenstill. Das Fallen einer Stecknadel, nicht nur ihren Aufprall auf dem Boden, sondern auch die gesamte Flugphase hätte man vernehmen können.

Zudem die vielen Soldaten in ihren tristen Ausgehuniformen mit überdimensionierten Schirmmützen. Ausgestopfte Milchbubis mit tristen, blassen, eingefallenen Gesichtern.

Ein wahrer Stimmungstöter.

Mental nur schwierig zu verdauen.

Deshalb fackelten wir beim zweiten Eintreten in jenes Etablissement nicht lange und orderten jeder einen Sechserpack an der Theke, der uns die restliche Fahrt zur tschechoslowakischen Hauptstadt vergnüglicher machen sollte.

Von wegen: auf halber Strecke bereits drohten die männlichen Blasen an Bord zu platzen.

Mehr als suboptimal, wenn man obendrein den Straßenzustand mitberücksichtigte. Schlaglöcher in Sekundenfrequenz.

Das Gepäck blieb erstmal auf dem Bus, als wir nach Ewigkeiten das Hotel erreicht hatten. Zehn Minuten allemal, bis die Kloschlange abgearbeitet wurde.

Ja, und hier war's!

In diesem schäbigsten aller schäbigen Minus-Fünf-Sterne-Hotels!

Da trafen wir auf Studienfahrer wie wir vom Bodensee!

Da traf ich Gerlinde Scherrer!

Wenn man von ihrem Gesicht ausging, dann zählte sie wohl eher zu den häßlichen Kröten, auf die man nicht viel geben würde, obwohl sie körperlich durchaus etwas zu bieten hatte.

Wohlgeformte und -proportionierte Brüste.

Ein beinahe entzückendes Hinterteil.

Allerdings dieses unvorteilhafte Profil!

Wenn man sie von der Seite anschaute, glich sie eher der kindlichen Zeichnung eines Sichelmondes.

Nase und Kinn – massiv.

Aber ein Charisma hatte die!

Auf originelle Art neckisch-gesprächig.

Auf Anhieb verstanden wir uns bestens.

Gigantische Einschränkung: der Freund war mit dabei!

Unfaßbar: da flirtete sie mit mir unentwegt, und diese Trantüte saß einfach still daneben. Keinen blassen Schimmer, ob der überhaupt einen Namen hatte. Ich muß jetzt sogar anzweifeln, ob sie ihn mir je ausdrücklich vorstellte.

Ohne Frage hoffte ich darauf, daß sie ihm irgendwann während unseres Zusammenseins den Schuh geben würde, und daß ich dann an der Reihe wäre.

Leider passierte das aber erwartungsgemäß nicht.

Sie flanierte händchenhaltend mit diesem *Pan Tau* die Straßen Prags entlang, und sie flirtete dabei weiterhin schamlos mit mir.

Was ging da in ihrem Kopf vor?

Ging da überhaupt was vor sich?

Konnte die sich nun rein garnicht in mich reinversetzen?

Wiederkehrendes Phänomen bei angeblich netten Mädchen.

Sie behandeln einen ja so liebenswert, und es bedeutet ihnen letztendlich weniger als nichts. Reine Eitelkeit.

Sie behandeln einen so, als ob sie total verschossen in einen wären, aber sie denken nicht im Traum daran, sich dann konsequenterweise mit einem zu paaren.

Ich bin nett zu dir, weil ich dich nett finde, aber laß' bloß die Finger von mir!

Du bist ein guter Freund.

Aber eben nur ein Freund!

Pfeif' drauf!

Da griff ich halt zur Flasche in Prag.

Wenigstens war das da so unglaublich billig.

Nach dem Zwangsumtausch vor Reisean-
tritt bekamen wir vor Ort nun endlich den
phänomenalen Schwarzmarktkurs.

Im Hotellift.

Hannah Flashkova, unsere knackige Reise-
führerin.

Einer unserer Lehrer hatte es schwer auf sie
abgesehen. Eventuell trieben's die sogar miteinander. Im Lift, ihrer Wechselstube. Notbrem-
se. Die zog sie immer bei Geschäftsabschluß.
Wahrscheinlich ebenfalls zum Verkehrsvollzug
mit Herrn Oberstudienrat Hohe.

Da wäre ich gerne an seiner Stelle gewesen.
Austausch von Körperflüssigkeiten anstelle von
Fremdwährungen.

Fräulein Flashkovas Ausschnitt ließ tief blicken.

Toiletten- nach Liftbesuch vorprogrammiert
bei den Jungs.

Kein Wunder, daß man da Trost bei der Flasche suchte.

Bis zur Besinnungslosigkeit.

Das stelle man sich mal vor!

Viele von uns waren damals noch nicht mal
sechzehn, und trotzdem wagten wir uns zum

Beispiel in so einen Nobelhobel-Nachtclub mit livriertem Türsteher.

Bloody Mary für 'nen Appel und 'n Ei!

Und bei der einen blieb's zweifelsohne nicht.

Dann wurde das Festmahl kredenzt.

Mega-T-Bone-Steak für weniger als einen Zehner.

Diese Verschwendung bereue ich bis zum heutigen Tag: Über dem leckeren Stück Fleisch sah mein Erbrochenes aus wie Ketchup. Dem Kellner händigte ich unverzüglich fünf Dollars aus. Beinahe instinktiv breitete er eine porentief reine, gestärkte weiße Serviette über dem Teller aus und räumte die Schweinerei postwendend ab, als ob nie etwas geschehen wäre.

Ein wahrlich guter Mensch!

Die Sauferei setzte sich allerdings unvermindert im Hotel fort.

Dort fiel ich dann in etwas, das man in adäquater Weise lediglich als Koma bezeichnen kann, bis mich schließlich ein Kumpel auf gewalttätigste Weise wachrüttelte.

War die Hinfahrt, vor allem zwischen Pilsen und Prag, schon reinste Tortur, fehlen mir für eine Beschreibung der Rückfahrt in solcherlei Hinsicht die Worte.

Bedingt trifft es der Ausdruck "Trauma".

Prag, mon ennemi! Nie wieder!

Nie wieder Gerlinde, nie wieder Hannah, nie wieder Alkohol!

Moment! Das Letztere streichen wir besser!

Was wäre das Leben ohne Alkohol?

Vor allem jetzt käme ein Bierchen oder drei nicht schlecht. Vielleicht hat das was mit den Betäubungsmitteln zu tun, auf die man mich gesetzt hat. Erst fühle ich mich wie im Delirium, und kaum fünf Minuten später bin ich hellwach. Wenn ich dann meinen Körper noch zur Verfügung hätte, würde ich aufgrund der überschüssigen Energie den Flur rauf- und runtersprinten.

Müssen wohl die Infusionen sein. Vermutlich sogar mehr als zwei. Valium wird schon dabeisein; auf alle Fälle außerdem sowas wie Speed.

Bitte ein Bier! Ein paar schöne kalte Bierchen, die einen – in der richtigen Geschwindigkeit getrunken – langsam, Schritt für Schritt, beinahe unmerklich übergangslos betrunken machen.

Was ist nur dran, an Alkohol?

Wie oft hätte ich gerne so etwas wie diesen Wundertrank aus *Raumschiff Enterprise – Das nächste Jahrhundert* gehabt!

Sintehol, oder wie die das Zeug nannten.

Synthetischer Alkohol, der schmeckt wie richtiger, der einen allerdings nicht betrunken macht.

'Tschuldigung, aber irgendwas stimmt da nicht ganz?

Der Inhaltsstoff, der einen betrunken macht, der einen betäubt, muß drin sein, damit's nach was beziehungsweise besser schmeckt!

Die Tatsache, daß einen der echte Alkohol betrunken macht, verbessert den Geschmack des jeweiligen Getränks, in welchem er drin ist.

Echter Alkohol m a c h t das Getränk!

Sintehol stellt eine physische wie chemische Unmöglichkeit dar. Es ist wahrscheinlicher, durch die Zeit zu reisen, als *Sintehol* zu produzieren.

Das Einzige, was bei Alkohol jedenfalls wirklich zählt, ist dieser schleichende Prozeß der Sinnesbetäubung.

Die Welt aus einem anderen Winkel sehen.

Alles ist rosig und glitzert.

Wird erträglicher.

Dann wieder nüchtern, geht die ganze Kacke von vorn los.

Leiden, Trauer, Gehässigkeit, Gier, Ehrgeiz, Eitelkeit, kurz: der Mensch!

Warum verabreden sich Menschen miteinander und besaufen sich dann gemeinsam?

Weil sie einander nur in betrunkenem Zustand ertragen?

Echte Freundschaft.

Sich gemeinsam zu besaufen, bedeutet, daß man sich gut miteinander amüsiert.

Und wie stand es in dieser Hinsicht um mich selbst?

Ich bevorzugte es, mich in meiner ureigenen Gesellschaft zu betrinken.

Was denkt man im Allgemeinen über eine solche Person?

Ein einsamer Alkoholiker, der die Welt vergessen will?

Ah ja, natürlich: Wie definiert man einen Alkoholiker?

Ein Alkoholiker ist jemand, der ohne Alkoholkonsum nicht mehr auskommt.

Wie stellt man das fest?

Zählt man hier Tage, Wochen, Monate oder gar Jahre?

Kann man nicht sagen, daß heutzutage beinahe jeder irgendwie Alkoholiker ist?

Die Sucht zur Eile.

Fluchtsyndrom.

Wir wollen nicht da sein, wo wir gerade sind.

Nie sind wir glücklich.

Dasselbe in Grün, wenn man sich diese Smartphones anschaut. Ein Pärchen im Café, zum Beispiel. Das erste Telefon gibt ein Geräusch von sich. Dann gleich daraufhin das andere. Zwei Menschen, die sich da beim Kaffee gegenübersitzen, aber eigentlich garnicht zusammensein wollen.

Wir sehnen uns ständig danach, woanders zu sein als dort, wo wir gerade sind!

Eigentlich wollen wir überhaupt nicht auf diesem Planeten sein.

Das muß jetzt mal aufhören, oder ich ziehe mir hier noch eine pathologische Depression zu. Nicht, daß es diesen Nulpen auffiele, da ich ja sowieso nicht sprechen darf.

Da klopft's ans Fenster.

Der Fensterputzer.

Für einen Nu sehe ich so etwas wie eine Bürste am oberen Fensterrand erscheinen und ebenso hastig wieder verschwinden.

Und zur selben Zeit ein weiterer Besucher!

Die Tür.

Gummisohlen.

Nicht Fräulein Lenhart.

Hört sich männlich an.

Mehrere Fußpaare.

Zwei Männer mindestens.

Jetzt sprechen sie miteinander.

Breiter Dialekt, woisch scho, was i moin?

Man hat ihnen eine Aufgabe gegeben.

Sie debattieren, wie sie's am besten anstellen sollen.

Maler, ganz offenbar.

Man hat mir Maler aufs Zimmer geschickt. Ich kann's einfach nicht fassen. Fraglich, ob sie mich überhaupt bemerken.

Und nochmal die Tür.

Ziemlich abrupt und rasch; zweimal die Klinke.

Kein Zuschlagen also.

Eine Sekunde Stille.

Plötzlich ist Ruhe im Karton, was das Geplapper der Handwerker angeht.

Erzengel Michaela!

Mein gutes Fräulein Lenhart!

Rupft ein wahres Hühnchen mit den Proleten!

Komplett andere Sprache. Abgesackt auf Gossenniveau. Sie ist wohl perfekt zweisprachig.

Hend ihr zwoi Kaschper no alle Tassa em Schrank?

Die beiden Clowns müssen Zimmernummern verwechselt haben.

Irren ist menschlich, vor allem, wenn man ungelernter Malergehilfe aus Hünlishofen ist.

Jetzt ihre Schritte auf dem PVC-Boden.

Mein gutes Mädchen!

Sie beugt sich über mich. Trotzdem tut sie so, als ob sie mich nicht richtig wahrnimmt. Sie will mich wohl nicht zu sehr verwöhnen.

Sie hat mich vor diesem sozialen Abschaum in Schutz genommen.

Allerdings ist sie nicht in der Stimmung, einen Kommentar dazu abzugeben. Sie sieht ihre großmütige Tat in meinem Namen nicht als solche an. Und sie möchte die Großzügigkeiten mir gegenüber nicht übertreiben.

Ein paar Klicks.

Adjustierungen.

Blubbern in einer Flasche.

Vermutlich fingert sie an den Infusionen rum.

Hat nichts mit meinen Ausscheidungen zu tun.

Keinerlei Gerüche dringen durch bis zu meinem feinen Näschen. Es ist schon faszinierend, was sonst dufttechnisch so manches Mal durch diese blöde Maske dringt! Denn man sollte eigentlich meinen, daß mich dieses Scheißding in olfaktorischer Hinsicht komplett isoliert.

Still!

Ihr ist etwas runtergefallen.

Wenn ich mich nicht irre, höre ich da einen Fluch!

Ein Fluch aus ihrem Munde!

Lächeln!

Plötzlich taucht ihr Gesicht auf. Offenes Haar! Frisch gewaschen und flauschig! Ein Duft kommt durch. Sie hat sich feingemacht für den festlichen Anlaß.

Was macht sie denn?

Sie nimmt mir die Maske ab!

Den Schlauch!

Alles!

Es ist noch viel zu früh!

Ich habe meine Gedanken noch nicht vollständig gesammelt und geordnet!

Geschweige denn, die Episoden ausgewählt, die ich ihr dann präsentieren werde!

Bin ja noch nicht mal bis zur "besseren Hälfte" vorgedrungen, zur Hochzeit, zum Betrug, zur Trennung, zur Scheidung, zum Krieg, zu allem, was mich in ihren Augen noch bemitleidenswerter machen könnte.

Sie schießt los.

Jetzt ist Sprechzeit!

Ich breche dann mal das Eis, sagt sie.

Am besten fange ich mit dem Grund an, warum ich Sie verabscheue. Der Pastor meinte, ich solle meinen Haß abschütteln, mich von ihm befreien. Er mahnte Gottes Gnade und Vergebung an. Sie merken wohl, daß Sie eher Pech gehabt haben, da Sie meiner Obhut übertragen wurden. Ich bin sozusagen vorbelastet. Eine billige, klischeehafte Seifenoper. Fünfunddreißig bin ich jetzt. Und bisjetzt habe ich noch keinen Mann gehabt, mit einer einzigen Ausnahme. Und das war genug! Mehr als genug! Klar, daß Sie jetzt denken: Ah ja, wieder so eine! Womit die mich jetzt wohl zumüllt? Unerfüllte Liebe ihres Lebens? Nee, nee! Und welche andere Möglichkeit gibt's da? Volltreffer! Sie haben ja so recht! Kindesmißbrauch. Kind? Vielleicht nicht ganz. Dreizehn war ich. Aber es war schlimm genug. Ich würde mich doch noch als Kind bezeichnen in jenem Alter. Die anderen Mädchen damals hatten eher die Reife von Sechzehn-, Siebzehnjährigen, aber ich fühlte mich vielmehr wie Sieben oder Acht. Aufgeschlossen, leichtgläubig und naiv. Ein Dummchen, das gerademal nicht mehr mit Puppen spielte. Und genau das erregte Aufmerksamkeit. Leicht sprießende Merkmale der Weiblichkeit in Kombination mit dieser Unschuld. Er war unser Hausarzt! Kaum zu glauben, oder? Unter dem Vorwand der Wissenschaft! Er brachte es wirklich glaubhaft rüber: meine Anatomie sei in mancherlei Hinsicht zurückgeblieben und müsse durch gezielte regelmäßige Therapie stimuliert werden. Keine Ahnung, was er meiner Mutter erzählte. Spielt aber auch keine Rolle; jedenfalls machte er es eben mit mir. Angewandte Sexualerziehung. Es täte erstmal ein bißchen weh. Und solange es weh täte, müsse die Therapie fortgesetzt werden. Erst wenn ich keinen Schmerz mehr dabei empfände, sei ich sozusagen "geheilt".

Verarscht die mich hier?

Träume ich schon wieder?

Hat sie die Valium-Dosis erhöht?

Bin ich hier oder dort?

Ich blinzle.

Teuflisches, hinterhältiges Lächeln ihrerseits.

Ich bin so fertig mit euch Dreckskerlen, fährt sie fort. Deshalb wasch' ich mich kaum. Sinéad

O'Connor war so 'ne einfältige Kuh! Dachte, wenn sie sich den Kopf rasiert, daß sie das unattraktiv macht. Denkste! Dadurch wirkte sie anziehender, mysteriöser. Genau das, was Kerle mögen! So wenig Haare wie möglich. Besonders eine Etage tiefer! Ich rasier' und wasch' mich nicht, lasse Intimhaar wachsen. Ich mag etwas streng riechen, ich weiß! Aber genau das schreckt sie ab! Gesichtsbehaarung. Harngeruch. Schweiß. Die würden mich nicht mal mit 'nem Stecken anfassen. Zugegeben: es kommen Beschwerden von Patienten. Also sprühe ich mich ab und an ein, damit die Griesgräme Ruhe geben. So weit, so gut. Meine Taktik scheint aufzugehen. Kein Ärzte-Schwestern-Techtelmechtel! Kein Patienten-Schwestern-Syndrom! Nicht mit mir!

Ich bin versucht, ihr daraufhin von Napoleon und Josephine zu erzählen. Manche Kerle mögen's dreckig! Sie hat bloß noch keinen getroffen.

Und, was mich betrifft, wie ich da so liege, hilflos, geschlechtslos: keine Chance!

Wie lange habe ich, frage ich sie.

Das ist alles, was Sie dazu zu sagen haben, erwidert sie. Nach alldem?

Wie lange, frage ich sie nochmal, ich muß es wissen, damit ich mich drauf einstellen kann mit dem, was ich erzähle, okay?

Wir werden sehen, bemerkt sie leicht beruhigt.

Ich brauche wohl mindestens so um eine Stunde herum, sage ich.

Von mir aus, sagt sie, wir gehen dann mal an die Grenzen; vielleicht können wir sogar an die Zwei-Stunden-Marke ran; ich habe Zeit heute; nichts anderes zu tun; komisch, nicht wahr?

Was ist komisch daran, zwei Stunden seiner Freizeit darauf zu verwenden, einem bewegungslosen Stück Fleisch zuzuhören? Wie erbärmlich! Reine Verschwendung!

Nein, unterbricht sie mich, der Pastor hat recht. Das wird meinen Glauben festigen.

Ich denke: gequirlte Schifferscheiße; ich sage: aaah!

Besser nicht auf irgendwas Religiöses eingehen!

Sie könnte von ihrem Pastor den missionarischen Auftrag erhalten haben, mich von meiner Abtrünnigkeit zurückzuführen zum göttlichen Heil, bevor ich dann endlich ins Gras beiße.

Bietet sich mir hier die hauchdünne Möglichkeit einer Erpressung: ich glaube mal kurz an Ihre Chimäre – können Sie mich dann auch bitte mal kurz umbringen?

Lange Stille.

Die sie schließlich durchbricht.

Was ist denn nun, fragt sie, nutzen Sie Ihre Gelegenheit! Haben Sie denn nicht so einiges auf dem Herzen?

177

Eigentlich schon, erwidere ich. Ist aber dermaßen viel, daß man es in Bezug auf Wichtigkeit wie auch Unterhaltungseffekt ordnen müßte. Also fange ich am besten mit meiner Rehabilitierung an, sage ich.

Ihrer Rehabilitierung? Wovon sollten Sie sich denn rehabilitieren, erkundigt sie sich sarkastisch.

Schon klar, was sie damit meint. Ethisch und physisch. In ihren Augen habe ich geradezu unverzeihlich gegen alle moralischen Gesetze verstoßen, und ich werde nie mehr in der Lage sein, auch nur ein einziges Körperteil willentlich zu bewegen.

Von dem zu schließen, was sie von sich selbst erzählt hat, sollte sie mehr als nur willens sein, mir dabei zu helfen, mich um die Ecke zu bringen.

Kindesmißbrauch!

Aber es war doch garnicht Kindesmißbrauch in meinem Fall!

Ich bin schlicht nicht schuldig! Dumm ist es, was ich bin! So strohdumm, daß es auf keine Kuhhaut geht!

Sei's drum: ich lege dann mal eben los!

Vielleicht sollte ich mit dem Tag beginnen, an dem mir Beate über den Weg lief.

Hätte sie das nicht getan, wäre ich jetzt nicht hier.

Hätte.

Wäre.

Hätte, hätte, Fahradkette.

Das ist es, was ich bereue.

Beate über den Weg gelaufen zu sein.

Die Umstände, die dazu führten, daß sie mir über den Weg lief.

Fräulein Lenhart, in diesem Augenblick, da ich mit Ihnen spreche, lebe ich im Konjunktiv. Genau das Gegenteil von dem, was gerade eben noch durch meinen Kopf ging.

Nun, nachdem Sie mich zur Rede gestellt haben, muß ich meine Gedanken revidieren.

Ich bereue Dinge.

Warum nur bin ich an jenem Freitagabend nach der Arbeit mit den Kollegen einen trinken gegangen? Heh, Winnie, alter Spielverderber! Jetzt komm' halt mal mit auf ein paar Bierchen im *Outside*! Sei kein Frosch!

Outside, oje! Diese Aufreißer-Disco der Junggebliebenen!

Zugegeben: die Jungs und Mädels auf der Arbeit meinten es gut mit mir. Obwohl ich doch ein sehr zurückhaltender Mensch war und bin, mochten sie mich irgendwie. Womöglich war es doch gerade diese private Distanz, auf die ich peinlich genau achtete, die mich für sie interessant machte. Sie lechzten förmlich danach, das Geheimnis um mich herum zu lüften, die Stille sozusagen zu durchbrechen.

Sie waren sich zumindest meines Geizes allzu bewußt.

Deswegen zogen sie mich auch ständig auf.

Heh, Winnie: wir laden dich auch ein!

Echt jetzt? Du kommst wirklich mit?

Verdutzte Gesichter.

Hört, hört, Leute! Winnie kommt mit ins *Outside*!

Was für eine Gaudi!

Aber ich bestand darauf, meine eigene Zeche zu bezahlen.

Zur Überraschung wie auch Erheiterung der anderen.

Also dann: da ging ich denn nach Feierabend an jenem Freitag mit ins *Outside*.

Ich beabsichtigte, mir ordentlich die Kanne zu geben, obgleich ich die kollegiale Einladung abgelehnt hatte. Wahrscheinlich dachte ich, daß ein geplantes Besäufnis meinerseits die Angelegenheit erträglicher gestalten würde.

Tja, dann!

Wie erwartet.

Sobald wir die Schwelle dieses Etablissements überschritten, schien mir das Trommelfell zu platzen. Gleichzeitig stand ein Lungenkollaps aufgrund des Schlagzeughämmerns zu befürchten. Selbst wenn man nur wenige Zentimeter voneinander entfernt stand, vermochte man kaum zu verstehen, was der andere gerade herausschrie. Selbst wenn die Mucke nicht so laut gewesen wäre, hätte ich Schwierigkeiten bekommen, irgendeiner Unterhaltung zu folgen aufgrund des zu erwartenden Hintergrundgeräuschpegels bei so vielen anwesenden Leuten. Normalerweise erfordert es bei mir allerhöchste Konzentration, wenn ich mich mit einer Person in einem menschengefüllten Raum unterhalten soll.

Aus Verlegenheit oder vielleicht auch aus dem Verlangen heraus, dem Ganzen zu entfliehen, tankte ich mich hastig zur Theke durch, damit ich wenigstens ein Glas bekäme, an dem ich mich festhalten konnte.

Die Kollegen hatten wohl so oder so damit gerechnet.

Also bestellte ich mein Bier an der Theke.

Das war ein hartes Stück Arbeit.

Wie das halt manchmal so ist, wenn zu viele Idioten gleichzeitig was wollen, wurde man in willkürlicher und nicht chronologischer Reihenfolge bedient.

Da war dann so 'ne Tussi reiferen Kalibers, die sich einfach so an mir vorbeidrängelte, mich dabei sogar anlächelte und als Krönung der Unverschämtheit ihre Handtasche auf meinen einen angewinkelten Arm hängte.

Würdest du mir die mal bitte halten, Schätzchen, während ich mir was zu trinken besorge? Danke, Süßer, schrie sie mich an, und ohne eine Antwort – geschweige denn Bestätigung - meinerseits abzuwarten, hatte sie sich in Richtung Theke von mir abgewandt.

Da stand ich nun wie ein dummer Schuljunge bei seinem ersten Rendezvous, der verzweifelt auf Einfahrt am Ende des Abends hofft.

Wobei hervorzuheben ist, daß ich nicht in diese Spelunke gekommen war, um eine Gelegenheit zur Einfahrt zu erhalten. Ich ging allein nur deshalb hin, damit die Kollegen endlich mal eine zeitlang Ruhe geben würden.

Eigentlich handelte es sich um die Wiederholung einer für mich allzu vertrauten Szene. Ich wurde von einer anderen Person dominiert. Diese Schickse da legte dieselbe Kühnheit mir gegenüber an den Tag, wie schon so zahlreiche zuvor.

Irgendwie habe ich einen Charakterzug an mir, der zu solcherlei Verhalten geradezu einlädt.

Nicht im Entferntesten kam mir in den Sinn, daß ich womöglich anziehend genug erscheinen könnte, um einen Aufreißversuch ihrerseits zu rechtfertigen.

Doch man höre und staune, was bestellte sie?

Gin Tonic und eine Halbe *Andechser Hell*.

Mein Lieblingsbier. Das *Outside* ist die einzige Kneipe weit und breit, die *Andechser Hell* vom Faß ausschenkt.

Und diese Tussi bestellte *Andechser Hell*.

Eine ganze Halbe. Keine halbe Halbe.

Und wo lauerte ihr Stecher?

Andererseits: Warum hatte sie ihre Handtasche in meine Obhut gegeben?

Und tatsächlich: die Halbe war für mich bestimmt!

Sie drückte mir mit einem neckischen Lächeln auf den Lippen den Glaskrug in die Hand: deine Kumpels meinten, daß du das magst, schrie sie mich an, so daß ich es gerademal so verstand.

Wohlgemerkt war ich gezwungen, mich mit einem Ohr in die Richtung ihres Mundes zu beugen, damit das überhaupt möglich wurde.

Wir prosteten einander zu, stießen an und nippten an den Getränken.

So sah es also aus.

Alles eingefädelt.

Wie ich diese Art von Kuppelei verabscheue! Erinnert an Schule!

Brigitte Bauecker!

Die fette Verrückte aus meiner Klasse, ihres Zeichens selbsternannte Kupplerin des Jahrhunderts.

Wollte mich unbedingt mit dieser saublöden Patrizia Sichler zusammenbringen.

Besser Schwamm drüber!

War schon ein echter Schock zu erfahren, was für diesen Abend da mit mir geplant worden war. Nicht, daß man es als niederträchtig oder hinterhältig hätte bezeichnen können. Eigentlich meinten sie es ja ganz gut. Allerdings wollten sie auch so ein bißchen Unterhaltung haben und beobachten, wie ungeschickt ich mich verhalte, wenn sich so eine geile Mittdreißigerin an mich ranmacht.

Und der Inbegriff der Ungeschicktheit muß ich wahrlich gewesen sein!

Der Hofnarr auf der Tanzfläche.

Ich stand nur dumm rum. Direkt neben ihr.

An Reden war bei dem ganzen Krach um uns herum nicht zu denken.

Ich hielt ihr immer noch die Handtasche.

Naja, "halten" ist wohl zuviel gesagt.

Das Teil verharrte weiterhin eingehakt in meiner Armbeuge, so daß ich gewirkt haben muß wie eine Oma, die an der Supermarktkasse Schlange steht.

Was für ein erbärmliches Bild!

Und ich schnallte das noch nicht mal in dem Moment.

Sie vereinnahmte mich sprichwörtlich voll und ganz.

Sie dominierte.

Sie war der Chef.

Und zugegebenermaßen hatte sie einen unwiderstehlichen Charme.

Für umso erstaunlicher halte ich es, daß ich der Auserwählte war, daß sie sich den Kollegen gegenüber bereit erklärt hatte, es bei und mit mir zu probieren.

Wie gesagt, gab es kaum eine Gelegenheit, miteinander zu reden, weil sich der Lärm als schlicht unüberwindbar herausstellte. Es grenzte schon an ein Wunder, daß es uns gelang, einander unmißverständlich vorzustellen.

Beate Kastenbein.

Kastenbein!

In einer ungestörteren Umgebung hätte ich mich wohl über ihren Familiennamen lustig gemacht!

Aber nichts gegen ihren Vornamen!

Die Glückliche.

Mit mir?

Selbstverständlich ergriff sie die Initiative zum Tanzen. Mit dem Glas in der Hand. Tasche immer noch in der Armbeuge.

Aber es funktionierte.

Wir tanzten in der Tat, tranken, riefen uns sporadisch was zu, grinsten einander an.

Schließlich fragte sie, wo ich wohne.

Ringsiedlung.

Wollte schon immer 'nen Absacker zu mir nehmen in der rassigen Ringsiedlung, schrie sie mich an.

Also machten wir uns aus dem Staub, riefen ein Taxi zu einem Absacker bei mir.

Es fiel mir noch nicht mal im Traum ein zu fragen, heh, und wo wohnst du denn überhaupt? Eigentlich hätte ich den Absacker lieber bei dir!

Aber nein: sie hatte bereits gewonnen.

Sie war schon vor unserer ersten Begegnung am Drücker gewesen.

Wenn ich's mir richtig überlege, war's nicht so der Hit.

Wir hatten einen Tick zuviel intus. Und dazu noch einen Absacker obendrauf. Champagner. Klar, daß der uns noch beschwingter machte, aber sexualtechnisch zeigte er eine eher enttäuschende Wirkung. Ich brauchte ziemlich lange, und sie schien's nicht erwarten zu können, daß ich kam.

Keine Extras.

Das war's.

Ganz konventionell.

Eben irgendwie enttäuschend für alle Beteiligten.

Da dachte ich so im Hinterkopf, naja, das soll's denn wohl gewesen sein; wenn ich Glück habe, verdünnisiert sie sich, bevor's hell wird, bevor ich aufwache.

Aber sie haute nicht ab.

Sie blieb.

Und wie sie blieb.

Sie kuschelte sich an mich wie ein kleines Kind, das sich nach Zärtlichkeit sehnt.

Ich streichelte sie.

Sie mochte es.

Sie mochte es so sehr, daß sie mich beauftragte, die ganze Nacht damit fortzufahren.

Das schien der ganze Trick dabei gewesen zu sein, wenn man das einen Trick nennen kann.

Meine verstärkte Zärtlichkeit ihr gegenüber.

Meine magischen Fingerkuppen, wie sie sanft über Schulterblätter und Rücken huschten.

Mein Fehler.

Jedenfalls mußten wir keinesfalls so etwas Klischeehaftes wie eine peinliche Begegnung in Nüchternheit am Morgen "danach" durchstehen.

Wir sahen uns lange in die Augen, und wir hatten nicht das Gefühl, daß es nur für eine Nacht gewesen war.

Dazu bin ich sowieso nicht der Typ.

Eine viel zu treue Seele.

Ein Depp eben.

Der treue Labrador, der brav hinter seinem Frauchen hertrottet in freudiger Erwartung eines Leckerlis bei Wohlverhalten.

Sie vereinnahmte meine Miniküche und beklagte sich über den Mangel an ordentlichen Nahrungsmitteln für die Frühstückszubereitung. Also schickte sie mich kurzerhand raus, um Cornflakes, Milch, Toast, Marmelade und noch so einigen anderen Kram zu besorgen.

Das Frühstück wurde dementsprechend zu einem Festmahl.

Da konnten wir dann endlich reden.

Ohne Hintergrundgeräusche.

Da beeindruckte sie mich schon.

Ausnahmsweise mal eine sehr vernünftige Person.

Aber sie ließ immer noch nichts allzu Privates raus, und ich – zaghaft wie ich nun mal bin – wollte auch nicht zu indiskret sein.

Man kann nicht sagen, daß sie mich anlog.

Unterschlagung eines winzigen, aber entscheidenden Details ganz zu Beginn.

Eine Mutter.

Und das mir!

Vorbelastet.

Ich hasse Kinder.

Ich kann nicht mit ihnen umgehen.

Zum Glück war ihre Tochter kein Kleinkind mehr.

Zehn, bald elf.

Charlotte.

Der Apfel fällt nicht weit vom Stamm: gesprächiges, heiteres Gemüt wie die Mama.

Sie hatte nicht das mindeste Problem mit mir.

Ihr biologischer Vater war vor Urzeiten in der Versenkung verschwunden.

Irgendwie suchte sie nach einer Vaterfigur.

Unter normalen Umständen hätte ich gesagt: Quäl' mich! Winfried Welte als Stiefvater!

Andererseits hatten die beiden eine Wahnsinns-Ausstrahlung, und ich fühlte mich geschmeichelt von ihrer Zuneigung.

Ausstrahlung, aber Dominanz und Vereinnahmung.

Sie gaben mir doch einiges. Vor allem das Gefühl von Geborgenheit, das man nur im Kreise einer wirklich glücklichen Familie bekommt. Und dennoch war ich in der Lage, ein Fitzelchen Unabhängigkeit beizubehalten. Ich durfte mich zurückziehen. Ich mußte nicht die ganze Zeit bei ihnen bleiben, obwohl sie nicht selten ganz schön meckerten, wenn ich mich verzog.

Ganz natürlich bei Frauen. Sie dominierten, aber es gelang mir, sie wenigstens ein bißchen zu disziplinieren. Ja! Ich hatte hier tatsächlich einen Teilerfolg!

Was machst du denn da so ganz allein, fragten sie ständig.

Dasselbe, als ob ich immer noch ganz für mich wäre und euch nicht kannte, antwortete ich ebenso ständig. Ich schätze eben meine eigene Gesellschaft, derer ich zumindest ab und zu ausschließlich bedarf.

Sie wollten es nicht hören, aber sie schienen es halbwegs zu akzeptieren.

So flog denn ein halbes Jahr einfach so vorbei, und ich dachte, ich sei der glücklichste Mensch auf Erden. Ich nannte eine wirkliche Familie mein Eigen, und ich durfte dabei sogar meine Unabhängigkeit behalten!

Es muß so kurz nach Charlottes elftem Geburtstag gewesen sein, den wir gemeinsam irgendwo am Bodensee feierten, nachdem sie bereits eine Party für ihre Freundinnen geschmissen hatte.

Vielleicht war es die Vertrautheit, die ich Charlotte gegenüber unter den Augen ihrer Mutter zeigte. Beate zeigte sich jedenfalls wenig erfreut über das Fangenspiel, das ich mit Charlotte am Strand veranstaltete, nehme ich mal an.

Das löste vermutlich etwas äußerst Unangenehmes in Beate aus.

Im Prinzip nahm ich Beates Verhaltenswandel – wenn überhaupt – unterbewußt wahr. Erst einiges später kam zutage, was wirklich in ihr vorging, das heißt, etwas über einen Monat nach dem "Strandzwischenfall".

Es war ihre volle Absicht, daß ich ihn sehe.

Sie versteckte ihn erst gar nicht.

Bis zum heutigen Tag ist es mir irgendwie schleierhaft, warum sie diesen ominösen Bescheid so offensichtlich auf dem Teewägelchen plazierte, damit ihn sich jeder, der nur eine Spur Neugier zeigte, anschauen konnte.

Womöglich wollte sie mich auf elegante Art und Weise loswerden.

Sie könnte es ebenso auch bereits langer Hand vorbereitet haben. Sie wollte allerdings, daß ich es sein sollte, der die Reißleine zog. Sie schob mir den Schwarzen Peter zu.

Sie beabsichtigte, sich nicht die Finger an mir schmutzig zu machen, indem sie mir den Laufpaß geben würde.

Zu jenem Zeitpunkt kannte sie mich nämlich schon ziemlich gut.

Sie wußte, daß ich einen gewissen Stolz hatte, der entscheidend verletzt würde nach Lektüre dieses Bescheids.

Polizeiliche Informationsfreiheit.

Keine Einträge unter "Welte, Winfried" im Register für Sexualstraftäter, Rubrik Kindesmißbrauch.

Kurz und gut: Sie vertraute mir nicht.

Oder gar schlimmer: Sie war eifersüchtig geworden angesichts der herzlichen Vater-Tochter-Beziehung zwischen Charlotte und mir – ein aufrichtiges Band, das sich in so kurzer Zeit zwischen dem Mädchen und ihrem Stiefvater-in-spe geknüpft hatte.

Beate ertrug das einfach nicht.

Könnte wohl sein, daß sie sich zeitweise gefühlt haben mag, als ob sie nur zweite Geige spielte.

Aber so war das halt: Charlotte und ich verstanden uns eben außergewöhnlich gut.

Das, was folgte, war dementsprechend sehr schmerzlich für mich.

Ich mußte es beenden. Beates hinterhältige, geradezu betrügerische Erkundigung bei den Behörden war unentschuldbar. Gewissermaßen wurde ich gezwungen, das aufzugeben, was zu meiner glücklichen Familie geworden war.

Keinerlei Kontakt mehr.

Ich verließ die beiden auf immer und ewig.

Beate sagte nicht viel, als ich sie zur Rede stellte.

Sie nahm es quasi zur Kenntnis.

Wirklich alles geplant und eingefädelt wie unsere erste Begegnung.

Sie wollte, daß es vorbei war.

Man ließ Charlotte selbstverständlich im Dunkeln. Unsere "Szene" spielte sich ab, als das Mädchen in der Schule war.

Verdammt nochmal aber auch!

Ich fühlte mich echt beschissen dabei, obwohl nicht ich es war, der etwas Schlechtes getan hatte.

Trotz meiner feindseligen Haltung gegenüber Kindern, bevor ich Charlotte kennenlernte, schien es mir, daß ich ganz genau danach in meinem Leben Ausschau gehalten hatte: ein fröhliches, glückliches Familienleben.

Und nun wurde mir das ganz plötzlich entrissen.

Ich muß gestehen, daß ich nie zuvor in meinem Leben eine derartige Leere empfunden hatte.

Die erste Nacht alleine in meiner Wohnung zurück als Junggeselle war echt zum Kotzen. Zu wissen, daß die beiden wertvollsten Menschen weg waren, einfach so! Völlig irrelevant, ob das erst seit einem halben Jahr so war.

Nichts machte mehr Sinn.

Und das Schlimmste: Beates Mißtrauen.

Man durfte mich beinahe als suizidgefährdet betrachten.

Das Wetter kam noch dazu.

Eine dieser Phasen, wenn's sechzig, siebzig oder gar hundert Stunden durchregnet.

Da spielte ich wirklich mit dem Gedanken einer Krankmeldung unter voller Ausschöpfung der Karenztage.

Man stelle sich das vor!

Ich, das Arbeitstier Winfried Welte, melde mich krank!

Aber dann dachte ich, es wäre besser, mich unter die Leute zu mischen, wenngleich die Kollegen sicherlich fragen würden, was Beate denn so mache.

Seit wir zusammengekommen waren, wurde es mit der Zeit immer irritierender für mich, wenn sich die Leute bei einer zufälligen Begegnung stets zuerst nach dem Wohlbefinden Beates - und nicht nach meinem - erkundigten.

Ich schien nichts zu zählen und Beate alles.

Und in der Tat gestaltete sich mein erster Arbeitstag nach dem Bruch besonders traumatisch. Allerdings benötigte ich auch nur diesen einen Tag, um sämtliche Leute in dieser Hinsicht mundtot zu machen. Vergleichbar mit einem Trauerfall im engsten Familienkreis.

Die Kollegen mieden mich gleich ab Tag zwei.

War mir scheißegal.

Besser so.

Mußte nichts mehr erklären.

Keine beschämten Gesichter mehr.

Keine schlecht gespielten Mitleidsszenen mehr.

Tag zwei auf der Arbeit fiel zusammen mit Tag drei fast unaufhörlichen Regens.

Normalerweise ging ich zu Fuß zur Arbeit.

Am Morgen jenes ominösen Tages zwei zeigte sich die Sonne kurz.

Ein Seufzer der Erleichterung und Hoffnung zugleich meinerseits.

Den Regenschirm ließ ich also zuhause. Was für ein Glückspilz ich doch bin! Trockenen Fußes zum Büro!

Aber dann brachen draußen alle Dämme. Das Hämmern der dicken Regentropfen gegen die dreifach verglasten Bürofenster war ganz schön beängstigend. Man fürchtete sich geradezu davor, durch die Eingangshalle zu gehen, weil man meinte, das Ende der Welt stehe bevor! Der Regen prasselte nur so nieder auf die Glaskuppel der Lobby, so daß die meisten Angestellten an diesem Tag eher die Notausgänge benutzten. Niemand wollte es riskieren, von potentiell herabstürzendem Glas erschlagen zu werden.

Ja, genau: solches Wetter spiegelte an jenem Tag exakt meinen seelischen Zustand wider.

Es wurde irgendwie fünf Uhr, aber es war mir eigentlich schnurzpiepegal!

Regenschirm oder nicht: ich schlürfte nach Hause in diesem tropisch anmutenden Dauerschauer. Dabei achtete ich noch nicht einmal auf die riesigen Pfützen, die sich angrenzend zum Bürgersteig am Straßenrand gebildet hatten, um eventuell reaktionsschnell zur Seite zu hüpfen, wenn so ein Arschloch von Autofahrer sich den Spaß machte, Rallye zu spielen und Fußgänger vollzuspritzen.

Das passierte dann tatsächlich dreimal auf meinem Heimweg.

Den Anzug konnte ich danach in den Müll werfen.

Aber das war's noch nicht.

Als ich um die Ecke zu meiner Wohnung bog, stand sie einfach da herum und wartete an meiner Haustür, triefend naß von oben bis unten.

Charlotte!

Bei all dem Wasser kam bei ihr auch noch eine Tränenflut dazu.

Ich nahm sie zärtlich in meine Arme.

Sie schien geradezu untröstlich.

Warum? Wiederholte sie arhythmisch zwischen heftigsten Schluchzern.

War es wegen mir?

Beinahe so wie Scheidungsklischeemüll. Von wegen, daß sich die Kinder immer verantwortlich fühlen für die Trennung der Eltern.

Nicht, daß ich ein wirkliches Elternteil gewesen war, aber trotzdem.

Also glaubte sie, daß ich Beate wegen ihr, der Tochter, verlassen hätte.

Und irgendwie, wenn ich's mir richtig überlege, hatte sie völlig recht! Ich verließ Beate genau wegen Charlotte, zu der ich eine mehr oder weniger intime Beziehung aufgebaut hatte, vergleichbar mit einer zwischen biologischem Vater zu dessen Tochter, was Beate seltsamerweise Verdacht schöpfen ließ sozusagen.

Wie um alles in der Welt sollte ich Charlotte genau das beibringen?

Sollte ich ihr das überhaupt versuchen beizubringen?

Oder es mir einfacher machen und ihr vorflunkern, daß Beate und ich einen Riesenkrach gehabt hätten? Könnte sie das zufriedenstellen?

Erstmal nahm ich Charlotte raus aus dem Regen mit in die Wohnung.

Wirklich winzig. Nicht schwierig, das Badezimmer zu finden.

Ich wollte, daß sie das nasse Zeug so schnell wie möglich loswurde, und ich instruierte sie, sich ein heißes Bad einlaufen zu lassen, damit sie sich ja nicht verkühlte.

Immer so 'ne Sache: hoffentlich war noch genug heißes Wasser für das Vollbad da! Jedenfalls schaltete ich zur Sicherheit den Boiler wieder an.

Während ich mich darum kümmerte und auch meinen durchtränkten Anzug in der Küche über einer sich bildenden Pfütze ablegte, hörte ich, wie sie mir vom Badezimmer etwas zurief. Ob ich ihr denn das Bad einlaufen lassen könne.

Durch die Tür fragte ich, ob ich reinkommen dürfe. Sie solle sich doch meinen Bademantel anziehen, der da noch an einem Haken hing.

Alles klar, erwiderte sie.

Prima, dachte ich, bevor ich die Badezimmertür öffnete.

Prima, dachte ich, als ich sie da so stehen sah.

Die nassen Klamotten auf dem Laminatboden.

Nur ein triefendes Unterhemdchen am Leib.

Verärgert zischte ich sie an, daß das ja wohl kein Bademantel sei.

Sie bat ein wenig unterwürfig um Verzeihung, halb geflüstert, und senkte ihren Kopf in einer Art und Weise, die ich als ein Zeichen der Scham ansah.

Ich mußte einfach hinschauen.

Es war schlicht nicht möglich, nicht hinzuschauen.

Das Badezimmer ist so dermaßen eng, daß wir uns auch nicht aus dem Weg gehen konnten. Wir mußten uns irgendwie berühren.

Ich sah, was ich eigentlich nicht sehen sollte und durfte.

Allein durchs Sehen beziehungsweise Hinschauen fühlte ich mich bereits wie ein Krimineller.

Unter dem nassen Hemdchen waren deutliche Zeichen von heranwachsender Weiblichkeit auszumachen.

In der Tat schmuggelte sie Himbeerchen.

Obendrein hatte sie kein Höschen mehr an.

Unverkennbar schon leichter Haarwuchs, aber der noch unschuldige Schlitz zwischen den Leisten dominierte den Anblick.

Keine Frage, daß auch sie zu diesem Zeitpunkt bemerkt haben mußte, daß sich etwas in meinem Schoß regte, zumal ich ebenfalls bis auf Unterhemd und -hose nichts mehr anhatte.

Sie mußte es gesehen haben.

Ich stellte das heiße Wasser an, spritzte etwas Badezusatz in die Wanne und gab ihr im Folgenden ein paar Anweisungen.

Kein kaltes Wasser zugeben! Das heiße wird sowieso langsam kalt. Laß' das Wasser so lange laufen, bis du meinst, daß das Wannenwasser die richtige Temperatur erreicht hat.

Zitternd nickte sie nur, da ihr kalt war.

Da konnte ich mich dann einfach nicht mehr zurückhalten.

Ich mußte sie in die Arme nehmen, damit ihr vielleicht wärmer würde.

Was dann zurückkam, fühlte sich doch als wesentlich mehr an denn simple Erwiderung.

Sie klammerte sich regelrecht an mich und wollte ziemlich lange nicht loslassen.

Irgendwie gelang es mir dann doch nach einer Weile, mich von ihr zu lösen.

Okay, Charlotte, paß' jetzt bitte auf die Temperatur auf! Ich mach' uns beiden einen heißen Pfefferminztee. Wenn du dann in der Wanne sitzt, zieh' bitte den Duschvorhang zu, und ich reiche dir deine Tasse durch. Verstanden?

Kindlich-kindisch nickte sie wieder, während sie weiterhin zitterte wie Espenlaub, was sie durch Zähneklappern zu betonen und damit zusätzliches Mitgefühl zu erregen versuchte.

Ich machte dann genau das, was ich ihr angekündigt hatte.

Während die Teebeutel im dampfenden Wasser so vor sich hinzogen, brodelte es in mir drinnen. Mann, o, Mann: Du machst dich strafbar, du Depp, du! Du hättest sie draußen stehenlassen müssen! Du bist mutterseelenallein zusammen mit einem Kind, das man nur mit äußerster Phantasie als dein eigenes ansehen kann! Und dieses fremde Kind sitzt splitterfasernackt in deiner Badewanne!

Was hätte ich tun sollen? Sie wäre wohl an Lungenentzündung gestorben. Hätte ich ihrer Mutter Bescheid geben sollen, mit der ich niemals mehr ein Wort zu wechseln gedachte?

Was war geschehen?

Ganz offensichtlich war ich zu so etwas wie einem Altersgenossen von Charlotte geworden. Reiner Käse also, das mit dem Vater-Tochter-Kram: ich fühlte mich in ihrer Gegenwart wie einer ihrer Altersgenossen, und auch sie sah mich als solchen an – alles andere als eine Vaterfigur.

Ich war ein Kumpel.

Jemand zum Spielen.

Jemand zum Experimentieren.

Jemand, mit dem man Spaß haben konnte.

Jemand, mit dem man lachen konnte.

Jemand, mit dem man weinen konnte.

Ich war zu einem Freund geworden, aber vor allem zu einem gleichgesinnten Altersgenossen.

Sie muß mich als eine Person auf demselben Niveau wie sie gesehen haben.

Die Autorität, die ich an den Tag gelegt hatte, als ich sie in die Wohnung ließ, mußte sie als Teil eines Spiels interpretiert haben.

Sie mochte das.

Ich meinerseits bewegte mich dabei auf äußerst gefährlichem Terrain.

Ich hatte quasi einen Zeitsprung vollführt.

Ich befand mich auf einer Entdeckungsreise.

Ja: sie hatte in der Tat den Duschvorhang zugezogen.

Ja: ich reichte ihr die Teetasse durch.

Sie stellte sicher, daß sich unsere Hände bei dieser Aktion irgendwie berühren würden.

Ich versuchte, nicht durch die Lücke zu schielen.

Es gelang mir nicht.

Ihre Wangen hatten sich bereits errötet.

Und selbstverständlich war ihr Oberkörper von meiner Perspektive aus vollständig sichtbar.

Ich wandte mich ab.

Winnie!

Du frierst dir da doch einen ab!

Ach bitte, komm' doch zu mir in die Wanne!

Ich möchte nicht, daß du dich wegen mir erkältest!

Ich hätte sie anbrüllen müssen. Charlotte, kannst du das nicht einsehen? Man könnte mich dafür ins Gefängnis werfen, selbst wenn ich dich nicht anrühre!

Dann brannten bei mir die Sicherungen durch.

Aber komplett.

Ich dachte: na, was soll's, das war's denn sowieso; dadurch, daß ich sie in die Wohnung mitgenommen hatte, war ich schon strafbar geworden. Da könnte ich es mir wohl ebenso erlauben, mich bei ihr in der heißen Wanne aufzuwärmen. Das Kind war ohnehin schon in den Brunnen gefallen.

Ich forderte sie auf, sich die Hände vor die Augen zu halten.

Was sie auch tat.

Auf die neckische Art. Sie spiekerte zwischen den Fingern durch.

Sie kicherte, während ich in die Wanne stakte.

Das Kichern wurde etwas lauter.

Ich stellte sie zur Rede.

Was ist denn so witzig daran?

Du wolltest, daß ich zu dir reinkomme!

Das Kichern klang daraufhin ein wenig verschämter.

Es bestand überhaupt kein Anlaß, daß sie etwas erwiderte.

Als ob ich es nicht wußte!

Logischerweise hatte sie meine Erektion zum Lachen gebracht.

Ich habe dir gesagt, daß du dir die Hände vor die Augen halten sollst, maßregelte ich sie.

Ohne Bescheißen! Kein Spiekern, bis ich sitze!

Mehr Kichern.

Freche Göre, brummelte ich.

Winnie?

Sie kicherte immer noch.

Würdest du mir den Rücken bitte schrubbern?

Frecher und frecher also.

Wie die Mutter, so die Tochter.

Allerdings fühlte es sich nicht wie die Dominanz an, die ich von Beate kannte.

Es wirkte eben wie ein Experiment, eine Entdeckungsreise.

Sie schien mit einem gleichgesinnten Altersgenossen ein Experiment durchzuführen.

Sie wollte es wissen.

Ich schnappte mir einen Waschlappen und fing an, das zu machen, worum sie mich gebeten hatte.

Sie hörte auf zu kichern.

Winnie?

Fragte sie in ruhigem, ernsthaftem Tonfall.

Winnie, darf ich ihn anfassen?

Ich nickte, ohne mit dem Schrubbern aufzuhören.

Ich schloß die Augen und konzentrierte mich auf das, was ich machte, aber gleichzeitig auch auf das, was sie machte.

Sie wußte ganz genau, was zu tun war, obwohl es ein klein wenig mechanisch wirkte.

Aber in ihrem Alter!

Man bedenke allein ihr Alter!

Kurz vor dem Höhepunkt, öffnete ich die Augen wieder.

Ich mußte einfach hinschauen.

Und sie stierte geradezu hin.

Sie wollte es um keinen Preis der Welt versäumen.

Ihr Blick zuckte zwischen meinen Augen und dort unten hin und her.

Mit angedeutetem Nicken und kurzem Augenzwinkern bedeutete ich ihr, daß es wohl gleich soweit sei.

Sie beobachtete.

Als der entscheidende Moment gekommen war, wurde ihr anfängliches Grinsen erneut zu Gekicher.

Ganz offenbar genoß sie das Gefühl, die Spasmen in meinem Schoß verursacht zu haben.

Die Kicherei wurde lauter und lauter, noch während ich ejakulierte. Es dauerte eine ganz schöne Weile, da ich seit über einer Woche keinen Erguß mehr gehabt hatte.

Sie zischte irgendetwas inmitten des Kicherns.

Hmmm? Vermochte ich nur herauszupressen.

Sky nature.

Es ist wie auf *Sky nature.*

Wie Delphine, die sich paaren.

Ein weißer Strang im Wasser.

Jetzt mußte ich kichern.

Zwischenzeitlich gerann die Samenflüssigkeit an der Oberseite ihrer Faust, die immer noch mein Glied fest umschlossen hielt.

Dann ließ sie los, nahm die Hand aus dem Wasser, inspizierte genauestens das, was sich darauf befand und berührte es mit dem anderen Zeigefinger.

Mehr Lächeln.

Es schien sich tatsächlich um so etwas wie ein infantiles wissenschaftliches Experiment ihrerseits zu handeln.

Ich erklärte ihr das Ganze.

Protein.

Der Gerinnungsprozeß.

Als ob man ein Frühstücksei koche.

Sie setzte ihren treuesten Hundeblick auf.

Winnie?

Da wußte ich schon, daß sie mich um einen weiteren Gefallen bitten würde.

Nicht nur Schultern und Rücken.

Würdest du mich wohl überall schrubbern? Mir wird schon wieder kalt.

Ich ließ für ein Weilchen heißes Wasser nachlaufen und tat ihr willig den Gefallen. Nur der Waschlappen zwischen ihrer Haut und meinen Fingern.

Würdest du bitte den Waschlappen abnehmen, fragte sie in aller Höflichkeit.

Kein Befehl.

Ich zog den Waschlappen von der Hand.

Wie die Mutter, so die Tochter.

Sie genoß die Streicheleinheiten in vollen Zügen.

Sobald ich über etwas empfindlichere Stellen fuhr wie, sagen wir, leicht unter die Achseln, durchzuckte sie ein winziger angenehmer Schauder.

Sie bemerkte, daß ich tunlichst eine ganz bestimmte Körperpartie vermied, weshalb sie wohl demonstrativ meine andere Hand dorthin lenkte, sie sanft darauf preßte, um reflexartig abermals anzufangen zu kichern und zu fragen, ob ich sie da kitzeln könne.

Wer kann da schon widerstehen?

Besonders, weil sie mir das Zauberwort ins Ohr flüsterte.

Bitte!

Allein zuhaus'.

Keine störenden Eltern.

Zwei Elfjährige, die sich gegenseitig entdeckten.

So fühlte es sich jedenfalls an.

Ich war wieder elf Jahre alt.

Ich machte genau die Dinge, die mir als wirklich Elfjähriger verwehrt gewesen waren zu tun.

Damals genauso verbotene Dinge wie heute.

Ich schwebte im Siebten Himmel!

Und für Charlotte schien dasselbe zu gelten.

Sie war sich allzu sehr darüber im Klaren, daß kein Elternteil dazwischenfunken würde. Sie fühlte sich geborgen und wertgeschätzt.

Inzwischen waren wir aufgestanden.

Ohne daß ich mit dem Kitzeln aufgehört hätte.

Wir blickten einander unentwegt an.

Der Inbegriff von Intimität.

Meinst du, wir sollten uns küssen, flüsterte sie.

Träumte ich das denn alles?

Ich beugte mich zu ihr; unsere Lippen berührten sich.

Nach dem Kuß öffneten wir zur selben Zeit und mit derselben Geschwindigkeit unsere Augen.

Wieder Flüstern.

Legen wir uns hin, Winnie? Ich möchte in deinen Armen liegen!

Ich griff nach zwei Badetüchern.

Und dann begaben wir uns zu Bett, wie wahre Verliebte das tun, nicht ohne meine wiederholten warnenden Worte.

Charlotte! Ich möchte dir nicht wehtun! Du weißt schon, daß dir das ziemlich wehtun kann?

Kein Thema, Winnie, absolut kein Thema!

Wir machen unser Ding und seh'n dann schon!

Jetzt klang sie wie die Erwachsene, die dem Teenager Mut zuspricht.

Nicht nur *Sky nature*, vermutete ich.

Und sonst?

Nichts sonst.

Ich war der Erste und Erster.

Blindes Verständnis. Nichts tat weh. Dafür sorgten wir beide.

Was machen Sie da, Fräulein Lenhart?

Tun Sie das nicht! Ich bitte Sie!

Ich habe noch nicht ausgeredet!

Tut mir leid, aber Blutdruck und Puls sind zu hoch geworden! Ich muß Ihnen die Maske wieder aufsetzen und die Dosis des Beruhigungsmittels in der Infusion erhöhen!

Nein, bitte nicht!

Puls und Blutdruck sind mir scheißegal! Was soll das denn überhaupt? Soll ich noch mehr leiden? Ist das Ihre Absicht?

Nein, schreit sie mich an, ich halt' das einfach nicht mehr aus! Was sind Sie für ein schäbiger Manipulator! Keine Elfjährige der Welt würde sowas freiwillig mit sich machen lassen, geschweige denn, die Initiative dafür ergreifen!

Dreckiger Lügner!

Ja, verdammt nochmal, ja! Besonders dann, wenn ich solch ein dreckiger Lügner wäre, Fräulein Lenhart, hätten Sie da nicht große Lust, einem solch elenden Dasein wie dem meinen ein Ende zu bereiten?

Sehen Sie's doch mal von beiden Seiten!

Warum sollte ich Sie belügen und warum nicht?

Um Mitleid zu erregen, oder um Ihren Zorn und Haß auf mich zu ziehen.

Wie auch immer: helfen Sie mir bitte, diesem Schlamassel zu entfliehen!

Da steht sie nun. Bewegungslos. Mit der Maske in den Händen. Überdenkt, was ich gerade gesagt habe.

Ihr Zögern bringt mich noch um.

Was wird sie jetzt wohl tun?

Also dann, fragt sie, während sie die Sauerstoffmaske immer noch zwischen den Fingern hat, wie kam das mit Ihnen und dem Kind ans Tageslicht, wenn man das so sagen kann? In der Zeitung stand nichts darüber, und sogar online war nichts rauszufinden.

Es kommt mir so vor, als ob ich sie anlächle.

Ich habe ihre Neugierde wieder geweckt und damit ihre volle Aufmerksamkeit.

Ausnahmsweise zieht meine Argumentation mal. Glückspilz!

Ansonsten steht es äußerst schlecht um meine Schlagfertigkeit. Wenigstens einmal scheine ich hier das Richtige im Richtigen Augenblick rausgebracht zu haben!

Und ob ich ihr erzähle, wie das war!

Charlotte und ich trafen uns regelmäßig, ohne daß jemand Wind davon bekam – so dachten wir jedenfalls.

Sie fand stets eine gute Ausrede, flunkerte ihrer Mutter äußerst glaubhafte Dinge vor. Nach der Schule bei Freundinnen. Zusammen Hausaufgaben machen. Durch die Stadt bummeln. Harmlos und glaubhaft eben.

Beate dachte sich offenbar nichts dabei. Keine weiteren Fragen. Keine Kontrolle.

Im Schnitt kamen wir auf jeden zweiten Tag, schätze ich.

Ich schrieb's mir nicht auf.

War schon irgendwie schizophren.

Wenn sie an zwei aufeinanderfolgenden Tagen kam, dachte ich mir am zweiten davon, o gute Güte, da ist sie schon wieder! Sie hätte mir auch mal einen Tag Pause gönnen können! Und wenn sie dann mal zwei Tage hintereinander nicht kam, verlangte ich von ihr beim nächsten Treffen eine detaillierte Erklärung dafür, warum sie sich so lange nicht hatte blicken lassen.

Infantile Anhänglichkeit.

Genau das war's.

Andererseits war sie ebenso neugierig.

Was machst du denn so an den Wochenenden jetzt, da du 'frei' hast?

Ich zog sie auf und sagte, daß ich "Mütze-Glatze" spielen müsse, weil sich ja niemand in dieser Hinsicht um mich kümmere.

Solche Kommentare fand sie denn dann doch ganz witzig.

In gewisser Weise hegten wir beide die feste Überzeugung, daß wir einander vertrauen konnten.

Wir machten "es" nicht ununterbrochen.

Nicht selten ersuchte sie mich um Unterstützung bei ihren Mathe-Aufgaben, was ich ganz schmeichelhaft fand und ihr deshalb gerne half.

Und in diesen Fällen wurde es besonders erotisch.

Sobald wir die Aufgaben zusammen gemeistert hatten, kündigte sie in militärischem Tonfall wie auf einem Exerzierplatz an: Kommen wir nun zur Entlohnung für Ihre Bemühungen, Herr Welte!

Der Gedanke daran, daß sie hätte schwanger werden können, wird mir nun geradezu unerträglich. Sie menstruierte bereits unregelmäßig und nicht sehr stark.

Ohne Ausnahme ungeschützter Verkehr.

Jugendliche Unüberlegtheit.

Oder etwa eher dadurch gesteigertes Vergnügen beiderseits?

Jedenfalls war das Entscheidende, daß wir uns vertrauten. Sie konnte sich auf mich verlassen, da ich mich ja jedesmal, wenn wir uns trafen, eines Verbrechens schuldig machte. Und spätestens nach unserem fünften oder sechsten

Verkehr durfte auch ich mir sicher sein, daß sie mich nicht verpfeifen würde.

Forensische Spuren wären zuhauf vorhanden gewesen.

Sie hätte einfach zur Notaufnahme gehen können, um vorzugeben, von mir vergewaltigt worden zu sein.

Punkt. Ende.

Aber sie tat es eben nicht!

Das Schicksal nahm seinen Lauf an dem Tag, als Charlotte mich wissen ließ, daß einer ihrer Schulkameraden ein Auge auf sie geworfen habe. Und daß sie nicht hundertprozentig ausschließen könne, ob er ihr von der Schule gefolgt sei.

Etwas über eine Woche später geschah es dann.

Wir waren sozusagen gerade dabei, "es" zu machen.

Auf frischer Tat ertappt.

Ohne Vorwarnung.

Kein Klingeln, kein Türklopfen.

Wie die Feuerwehr im Brandfall.

Umzingelt.

Für Charlotte muß das Ganze noch viel peinlicher, demütigender gewesen sein als für mich, nicht zuletzt deshalb, weil ich schnell das Bewußtsein verlor aufgrund der heftigen Schläge, die ich von den Uniformierten einkassierte.

Wirklich ein Wunder, daß sie nicht schon das mit mir anstellten wie später die Bestien im Knast.

Stille.

Wie eine Statue steht Fräulein Lenhart einfach da mit der Maske in Händen.

Man sieht, daß sie schwer atmet.

Was wird sie jetzt tun?

Glaubt sie meiner Version?

Oder doch nicht?

Falls nicht: war das, was ich zuvor ins Feld führte, überzeugend genug, damit sie mir nun trotz allem hilft?

Sie flüstert vor sich hin.

Ich glaube, es ist das Wort, das ich am meisten verabscheue.

Phantastisch.

Ich vermute, sie meint es sarkastisch.

Jedenfalls hat es mich ziemlich verletzt, daß sie es überhaupt ausgesprochen hat.

Ich fühle mich phantastisch.

Immer diese Übertreibungen.

Unaufrichtigkeit.

Dafür steht "phantastisch".

Ich sag's ihr.

Ich sag's ihr ins Gesicht.

Wollen Sie mich noch mehr quälen, Fräulein Lenhart? Erst helfen Sie mir nicht, und dann setzen Sie noch einen obendrauf, indem sie dieses entsetzliche Wort verwenden?

Das muß sie aus ihrem Delirium wachgerüttelt haben, in welchem sie offensichtlich noch ein paar Sekunden zuvor geschwebt war.

Sie legt die Maske weg.

Zumindest kommt es mir so vor, denn sie ist aus meinem Blickfeld verschwunden.

Sie fingert wieder an der Infusion rum, und sie beugt sich nochmal über mich.

Kaffeegeruch in ihrem faulen Atem.

Ein Kuß?

Zum Glück nicht.

Aber es kam ihr wohl auch kurz in den Sinn.

Wie wär's denn, wenn ich Sie küßte, fragt sie scheinheilig.

Ich bin mir darüber bewußt, daß Sie meinen Mundgeruch abstoßend finden.

Ich könnte Sie auf diese Art und Weise vergewaltigen, nicht wahr?

Aber wie kann ich wissen, ob sie es nicht doch wollen und mögen?

Heißt 'nein' in Wirklichkeit 'ja' oder vielleicht umgekehrt?

Sie hat recht.

Kluges Mädchen.

Sie spielt mit mir, aber ich glaube, es ist ein gutes Zeichen!

Ja! Sie hat an der Infusion rumgefingert!

Beruhigungsmittel Nummer eins, sagt sie.

Kein Wort! Befiehlt sie. Nur von Zehn runterzählen wie vor einer Vollnarkose!

Gerne gehorche ich und mache genau das, was sie verlangt, mit einem Lächeln auf den Lippen.

Zehn,... nichts!

Neun,... nichts!

Acht,... ich werde ein bißchen müde.

Sieben,... mir wird ein wenig schummerig.

Sechs,... ich kann die Augen kaum mehr offenhalten.

Fünf,... ganz herzlichen Dank, Michaela Lenhart!

Vier,...

Winnie! ...

Winnie! ...

Winnie, bist du okay??!

Jemand ruft meinen Namen.

Ich öffne die Augen.

Es ist Beate!

Kaffeetassen in den Händen.

Die Fenster sind wohl auf.

Eine frische Brise weht herein.

Beate schmuggelt Himbeeren unter ihrem Nachthemd.

Und ich die passende Banane dazu unter der Bettdecke.

Wo ist Charlotte?

Foto: !az¡-images (Annette Zimmermann)

Der Autor

Ralph A. Hartmann wurde 1966 an einem heißen Spätseptemberabend in Leutkirch (Allgäu) geboren.

Seine Veröffentlichungen umfassen deutsche und englische Prosa, Lyrik wie auch akademische Schriften.

Seit 2002 lebt und arbeitet er in Schottlands Hauptstadt Edinburgh.